Collana R
Rom

Come la neve a maggio
Lorenzo A. Angelaccio

ISBN 9791281573147

I edizione – ottobre 2024
info@detomieditore.it
www.detomieditore.it
Illustrazione a cura di Ann Nadine (@ann.nadineart)
De Tomi Editore è un marchio distribuito da Streetlib
Sede operativa: Via Marco Polo 22, Cadoneghe (PD)

Lorenzo A. Angelaccio

# Come la neve a maggio

ROMANZO STORICO

*Ai miei genitori.*

*"Sì, posso dire che solamente a*
*Roma ho sentito che cosa voglia*
*dire essere un uomo."*
*(Johann Wolfgang Goethe)*

# Indice

# Ave, Roma

*Quivi la morte sta. Ti vegga da lungi più grande*
*d'ogni più grande cosa il morituro e – Ave –*
*dica – o tu, Roma, tu dolce e tremenda! Ave, o Roma*
*unica, o dell'anima nostra unica patria!*
*(Gabriele D'Annunzio, Elegie Romane)*

*Stazione Termini, Roma. 29 settembre 1913*

Alfred avrebbe voluto che il cuore smettesse di battere così forte. Che potesse udirlo anche la giovane coppia seduta nel suo scompartimento? Fece un respiro profondo e chiuse gli occhi. Stava solo andando in una città nuova per studiare, mica partiva per la guerra, o si avvicinava al patibolo. Stava finalmente realizzando il suo desiderio di abbandonare la monotonia della sua vita a Mainz per sperimentare un po' della vitalità di Roma.

Espirò un'ultima volta e riaprì gli occhi. I due seduti di fronte continuavano a tenere le dita intrecciate tra loro, a sussurrarsi parole incomprensibili e a scambiarsi sorrisetti. Il ragazzo, con i baffi di chi ancora non ha avuto occasione di radersi molte volte, accarezzò il ventre della compagna, che arrossì e rise più forte. Lui si chinò allora a baciarle la pancia ricoperta da un vestito a disegni floreali e il cappello di feltro gli cadde a terra. La ragazza lo raccolse, glielo calcò bene in testa e gli posò un lieve bacio sulle labbra.

Dal finestrino del treno scorreva il paesaggio agreste della campagna romana, illuminata dai deboli raggi del sole al tramonto. Alfred sospirò. Chissà se in quel *grand tour* anche lui sarebbe riuscito a trovare l'uomo della sua vita; se avrebbe mai goduto delle gioie dell'amore come la coppia che gli sedeva davanti. Come le persone normali. O se avrebbe condiviso il destino di quelli come lui, che non sarebbero mai stati padri.

Il treno iniziò a rallentare la sua corsa ed entrò nella stazione. Alfred recuperò la valigia dal vano superiore ed estrasse l'orologio, che segnava le 5:49. Accidenti, era in ritardo per la cena con i Palleschi! Come aveva fatto a non rendersi conto dello scorrere del tempo?

Si lanciò verso l'uscita e aprì lo sportello con il treno ancora in movimento. Balzò dal vagone sulla banchina che scorreva sotto di sé e corse verso i cancelli che delimitavano l'area dei binari. Non poteva fare tardi alla sua prima cena a Roma: cosa avrebbero pensato di lui i suoi futuri ospiti se fosse arrivato a pasto già iniziato?

Lo spigolo della grossa valigia di pelle gli sbatteva sul ginocchio a ogni passo; l'aria viziata e il tanfo di carbone misto a sudore gli stava mozzando il respiro. Alfred accelerò la corsa tenendosi il cappello con una mano. Sorpassò una donna corpulenta che ostruiva l'uscita del cancello, lo attraversò e si incuneò nella folla che brulicava davanti all'ingresso principale, costringendolo a rallentare.

Passò accanto a una coppia di carabinieri in uniforme turchina piegati su un barbone malconcio. Che strano colore per una divisa, ben più allegro del grigio a cui era abituato a Mainz.

Uno dei due militari gli rivolse il volto severo, reso ancora più austero dalle due file di bottoni bianchi sull'uniforme a doppio petto. O forse erano i folti baffoni neri a renderlo così minaccioso, in contrasto col colore dell'uniforme.

Alfred si arrestò. Il carabiniere tornò a concentrare la sua attenzione sul senzatetto e, insieme al collega, lo afferrò per le ascelle sollevandolo di peso.

Per fortuna non ce l'avevano con lui… Riprese a camminare e si passò la mano sulla fronte madida; sul dorso si era già posato uno strato di fuliggine. Quella sera avrebbe dovuto di nuovo farsi un bagno, la seconda volta in due giorni. Ancora qualche passo e sarebbe uscito in strada.

Un soffio d'aria finalmente gli sfiorò il viso. La folla si diradò e davanti a lui si materializzò la piazza della stazione: le pietre scure del selciato riflettevano la luce del tramonto e al centro svettava un obelisco egizio. Alfred allentò il nodo del suo papillon, chiuse gli occhi e godette di quella brezza fresca, così simile a quella di agosto a Mainz. Non aveva tempo, però, per trastullarsi. Doveva trovare un mezzo per raggiungere l'appartamento dei Palleschi.

Posò la valigia. Dalla tasca dei pantaloni prese la mappa ripiegata. Dov'è che si trovava esattamente? Ecco, la Stazione Termini era indicata da due linee parallele. Le seguì col dito, ora era a piazza dei Cinquecento. Rilesse ciò che si era appuntato sulle linee tranviarie di Roma. Per raggiungere i Palleschi, avrebbe dovuto prendere il tram diretto a piazza Barberini, l'appartamento si trovava proprio all'angolo con via Veneto. Era abbastanza vicino, ma a che ora sarebbe passato il mezzo? Che sciocco, non si era segnato gli orari dei tram.

Richiuse la mappa facendo nuove pieghe asimmetriche. Col capannello di persone che si stava radunando nell'unica fermata disponibile rischiava di aspettare un'infinità, e magari anche di sbagliare. Al pensiero di perdersi nel cuore di Roma, in una città sconosciuta e straniera, le mani gli si bagnarono di sudore.

Si affrettò verso una carrozza aperta in sosta accanto all'obelisco: poggiava su un basamento di granito ed era recintato da una ringhiera di ferro. Alla base del monumento era incisa la scritta: AGLI EROI DI DOGALI. Il vetturino stava strigliando la criniera del suo cavallo color terra, mozzicone di sigaro in bocca e maniche di camicia sporca arrotolate fin sopra il gomito.

Non appena l'olezzo del cavallo si fuse a quello dell'uomo, Alfred si fermò.

«Scusi, devo andare a piazza Barberini, civico sedici».

Era la sua prima frase in italiano; sicuramente si era sentito troppo il suo accento tedesco.

Il vetturino continuò a strigliare il cavallo come se non avesse sentito. Strano, eppure aveva parlato con tono deciso.

Si schiarì la voce.

«Scusi, devo...»

«Ho capito, un attimo», il vetturino diede qualche altro colpo con la striglia e la lanciò sulla carrozza. «Piazza Barberini, civico sedici. Non sono mica sordo».

Alfred rimase immobile, come una statua di sale. Ma che razza di modi erano quelli? Sbuffò e caricò la valigia, che occupò quasi tutto lo spazio per le gambe. Avrebbe lasciato correre solo perché non c'era tempo per discutere; almeno i sedili in pelle erano morbidi.

Il vetturino salì a cassetta e diede un colpo con la frusta sul dorso dell'animale, che iniziò a camminare al passo sul selciato della piazza.

Un passo molto lento.

A questa velocità sarebbe arrivato a cena già iniziata e avrebbe inaugurato il suo soggiorno a Roma con una pessima figura.

La frusta del vetturino schioccò un'altra volta. «Scommetto le mie scarpe bucate che non sei di queste parti, giusto?»

Più parlava, più quel tizio gli faceva salire il nervoso.

«Vengo da Germania».

«Ah, la Germania der baffone von Bismarck, il nostro grande alleato», la carrozza si immise in strada e il cavallo passò al trotto. «Gente seria, mica come *noantri*, che facciamo ride' i polli co 'sto sindaco ebreo e mangiapreti che ce siamo ritrovati. Ehi, voi, levatevi di torno!»

La carrozza schivò alcuni ragazzini, scalzi e con la testa rasata che si stavano lanciando sassi nel bel mezzo della strada.

«E dimmi un po'», riprese il vetturino, «cosa ti porta nel bel Paese?»

Alfred si stropicciò le mani sudate. Quel tizio non avrebbe mica chiacchierato per tutto il tragitto?

«Studio arte e architettura».

Utilizzò la sua laconicità come arma difensiva.

Il vetturino fischiò.

«Perbacco, mica ciufoli. E comunque parli italiano molto mejo di certi buzzurri piemontesi che vengono qui a spadroneggiare».

Buzzurri? Cos'era, un insulto?

«Grazie, molto gentile».

Arrivarono a piazza Esedra, racchiusa dentro i due porticati semicircolari costruiti, se Alfred non ricordava male, dall'architetto Gaetano Koch. Che meraviglia... Se non avesse avuto fretta, si sarebbe fermato lì a studiare quelle magnifiche esedre simmetriche.

La carrozza proseguì accanto alla fontana delle Naiadi, dove un uomo di mezza età aveva i piedi a mollo nell'acqua e si grattava le parti intime con lo sguardo rivolto verso una delle ninfe sdraiate sul fianco, che aveva un braccio alzato a scoprire un seno abbondante.

Una coppia di carabinieri a cavallo, ferma davanti all'ingresso delle Terme di Diocleziano, osservava i passanti. Le due bande scarlatte dei pantaloni spiccavano sul turchino dell'uniforme. Alfred distolse lo sguardo. Chissà, forse lì era normale bagnarsi nelle fontane pubbliche.

La vettura imboccò un vicolo che usciva dalla piazza e costeggiava altri palazzi di gusto neoclassico. Alfred controllò di nuovo il suo orologio, che segnava le 6:02. A quell'ora i Palleschi erano sicuramente nel bel mezzo della cena. L'ansia divorò quel poco di gioia che le bellezze architettoniche di Roma gli stavano regalando. Perché quel maledetto vetturino non si dava una mossa? Non poteva più tacere.

«Scusi».

L'uomo gettò a terra il mozzicone di sigaro.

«Dimmi tutto».

«Po-potrebbe cavalcare più veloce?»

«Più veloce?» gracchiò quello in una risata roca. «Amico mio, più di così. E dove devi andare tanto di fretta?»

Ma proprio un maleducato del genere doveva incontrare?

«Devo... devo...»

*Scheiße!* Gli stavano venendo meno le parole.

«Tranquillo, ti prendevo in giro», scosse le briglie del cavallo. «Ora andiamo a passo più spedito».

Ecco, ci voleva tanto? Alfred si rilassò sul sedile; forse non sarebbe arrivato poi così in ritardo.

Passarono davanti a una chiesetta dalla facciata barocca, di fronte alla quale c'era un'altra fontana: al centro, torreggiava la figura di un uomo possente che poteva essere Zeus, o un Poseidone senza tridente. Era incredibile come a Roma ci fossero chiese e fontane nascoste anche negli angoli più impensabili. Suo padre non aveva esagerato quando, prima di partire, gli aveva detto che avrebbe trovato così tante meraviglie architettoniche da non riuscire più a tenere il conto.

La carrozza imboccò uno stretto vicolo laterale parallelo alla strada principale. Accompagnati dal suono ritmico degli zoccoli che pestavano sui sampietrini, arrivarono in piazza Barberini. La famosa fontana del Tritone di Bernini si stagliava al centro dello slargo deserto, illuminata dai lampioni elettrici. Il cielo era ormai quasi del tutto buio.

Il vetturino fermò il cavallo all'inizio di un viale alberato, costeggiato su entrambi i lati da maestosi platani; la luce dei lampioni faceva risaltare le sfumature giallo-arancio delle foglie.

«Eccoci arrivati, il civico sedici è quello all'angolo con via Veneto», si voltò verso di lui. «Fanno trenta lire».

*Was?* Era quasi quanto aveva pagato per l'ultimo treno da Firenze. Doveva aver capito male, forse aveva detto tredici.

«Trenta lire?»

Il vetturino scese dalla carrozza ed esibì un sorriso giallastro.

«Esatto. Tre e zero».

Con una mano sollevò pollice, indice e medio; con l'altra, chiuse pollice e indice a formare un cerchio.

«Sì, è solo che...», Alfred fece un rapido calcolo a mente: era il doppio di uno stesso tragitto in vettura a Mainz. «Pensavo era meno».

L'uomo allargò le braccia.

«Eh, che ti devo dire. Mi hai chiesto di accelerare, e quello ha un costo».

Capirai, bell'affare che aveva fatto. A momenti sarebbe andato più veloce a piedi. Alfred estrasse il portamonete dal soprabito e contò i denari. Per fortuna ne aveva cambiati a sufficienza al banco di Firenze. Tirò fuori tre banconote da dieci lire, con l'effige di un uomo con folti baffi scuri.

Il vetturino arraffò la carta azzurrina e se la ficcò nella tasca dei pantaloni.

«Caro mio, benvenuto a Roma».

Alfred sperò che i romani non fossero tutti così, altrimenti se ne sarebbe ripartito con il primo treno verso Firenze e addio *grand tour* a Roma.

Prese la valigia, scese dalla carrozza e corse verso il palazzo, un edificio in stile liberty alto cinque piani, in cui i ghirigori floreali delle ringhiere di ferro battuto contrastavano con la sobrietà classica degli altri edifici della piazza. Abbassò la maniglia placcata d'oro del portone ed entrò nell'atrio, illuminato da un lampadario a luce elettrica appeso sul soffitto con volta a crociera. Odorava di vernice fresca e di prodotti detergenti.

Il portiere alzò lo sguardo dal giornale e sollevò il cappello con la visiera in un cenno di saluto.

«Dica?»

«Salve, devo andare dalla famiglia Palleschi. Lei sa in quale piano vive?»

«Al terzo, ultimo appartamento a sinistra», il portiere indicò con il giornale verso il fondo dell'atrio. «Prenda l'ascensore, l'aiuterà il ragazzo».

«Grazie, molto gentile».

Alfred stirò le labbra in un sorriso forzato e camminò sui motivi floreali dorati del tappeto a fantasia in stile russo. Il braccio che reggeva la valigia di pelle iniziava a dolergli; non vedeva l'ora di buttarsi a letto il prima possibile e farsi una bella dormita. Magari non a stomaco vuoto.

Aprì il cancelletto in ferro battuto scintillante della cabina ed entrò nell'ascensore, trovandosi davanti un bel ragazzo in livrea, dal volto affilato e dalle sopracciglia sottili.

«A che piano, signore?»

«Terzo, grazie».

Il viso gli avvampò di calore fino alle orecchie. Seguì con lo sguardo i movimenti del giovane che con la sua mano rosea dalle dita affusolate manovrava la leva di comando, ma si costrinse a distogliere lo sguardo. Sedette sul divanetto foderato di velluto rosso. Non poteva farsi scoprire al primo bel viso che incontrava. Doveva reprimere i suoi impulsi e ricordarsi che quelli come lui non erano ben accetti da nessuna parte. Nemmeno in una terra come l'Italia, dove almeno non rischiava di finire in prigione per il reato di amare.

La cabina vibrò e iniziò a salire. Alfred si concentrò su una pellicina vicino all'unghia mangiucchiata del pollice. Ormai la cena con i Palleschi era andata, non aveva neanche più tanto senso sbrigarsi. Avrebbe dovuto pensare a delle scuse che suonassero convincenti, educate, ma non troppo sottomesse.

L'ascensore si arrestò con un sussulto. Il ragazzo riaprì le porte e allungò la mano. «L'aiuto con il bagaglio?»

Alfred scattò in piedi.

«No, grazie. Arrivederci».

Corse fuori prima che quelle dita potessero arrivare a sfiorarlo, come se avessero potuto scottarlo, e continuò a camminare a passo svelto finché non sentì la vibrazione della cabina che tornava giù.

Di nuovo solo, finalmente. Sospirò e rallentò il passo, indugiando per prolungare il più possibile quell'attimo di tranquillità. Le pareti del corridoio erano tappezzate di quadri che ritraevano il Tevere, il Colosseo, San Pietro e altri scorci della capitale. Presto avrebbe visitato quei luoghi, proprio come un novello Goethe. E pensare che all'inizio neanche lo voleva fare questo *grand tour*; tutto merito di Wilhelm, che alla fine era riuscito a convincerlo. Chissà come se la stava passando quello scalzacane senza di lui.

Il fresco del corridoio si insinuò sotto la camicia umida di sudore e gli arti iniziavano a intorpidirsi. Meno male che era arrivato, non ce la faceva più. L'ansia iniziò a stringergli lo stomaco. Ora che si trovava lì, nella casa della famiglia di estranei che lo avrebbe ospitato per il prossimo anno, non era più tanto sicuro di aver fatto la scelta migliore. Sarebbe riuscito a parlare bene e a farsi capire? Finora quelle tre frasi in croce le aveva dette bene, ma presto avrebbe iniziato a fare i primi errori di italiano. I palmi continuavano a sudargli; l'idea di rendersi ridicolo non gli piaceva proprio, ma oramai era lì.

Sospirò e premette il pulsante del campanello, il cui suono riecheggiò nell'atrio deserto.

La porta si aprì e una signora anziana, con indosso una cuffia e un grembiule candidi, gli comparve davanti.

«Salve, desidera?»

Un sottile odore di liscivia gli pizzicò le narici.

«Salve, il mio nome è Alfred Bösgel. Io vengo da Mainz».

Si passò la lingua ruvida sulle labbra asciutte. Quella era la sua ultima frase strategica imparata a memoria. Sperò di averla pronunciata bene.

La domestica sorrise e sul suo viso si disegnò una fitta rete di rughe.

«Sì, il ragazzo tedesco. Prego, entri pure, i signori la stavano aspettando».

Certo che lo stavano aspettando, era in un ritardo imbarazzante; eppure lei non vi aveva fatto cenno. Alfred attraversò la soglia. Un odore di carne e verdure cotte gli solleticò le narici. Lo stomaco brontolò. Forse lo avevano aspettato per cena. La cosa lo fece sentire ancor più in imbarazzo.

La domestica fece cenno di aiutarlo a sfilarsi il soprabito.

«Mi dia pure».

Lo appese all'attaccapanni di legno nero posizionato sulla parete di fondo e si incamminò verso un arco a tutto sesto che conduceva in salotto.

Alfred rimase da solo nell'ingresso. Che fossero già tutti seduti a tavola? Forse sarebbe dovuto andare a controllare, ma non osava muoversi di lì. Alcuni quadri sulle pareti calamitarono subito la sua attenzione. Anche questi erano paesaggistici, come quelli nell'atrio, ma non sembravano scorci di Roma: c'erano boschi, colline desolate e piccoli borghi diroccati.

«Sono vedute dei Colli Albani», disse qualcuno alle sue spalle, «dipinte dai più celebri *grand touristi* dell'Ottocento. Valgono una fortuna».

Alfred si voltò. Un ometto dai baffi appuntiti e dai capelli radi si materializzò al suo fianco; la fronte lucida rifletteva la luce del lampadario.

«Non ti avrò mica spaventato».

«No, stavo…»

L'uomo gli tese la mano.

«Giovanni Palleschi. Tu devi essere Alfred».

«Sì», gliela strinse: era calda e molliccia. «Scusi per mio ritardo. Ho avuto problemi».

«Tranquillo, tanto è ancora presto per cena».

Ancora presto? Ma erano quasi le sette! A meno che… Si diede dello stupido, mentre il signor Palleschi lo faceva accomodare sulla poltrona in salotto, tra pareti costellate di ceramiche bianco-azzurre e mobili di legno laccato sopra i quali erano poggiate statuette raffiguranti putti e santi. Come aveva fatto a dimenticarsi quel piccolo dettaglio? A Roma non si cenava prima delle otto. Suo padre glielo aveva anche ricordato prima di partire.

«Tutto bene?» L'uomo poggiò le mani sul panciotto nero rigonfio. «Ti vedo spaesato. Ma ti capisco, deve essere tutto così nuovo per te».

«Sì, tutto nuovo».

Che stupido era stato per essersi preoccupato inutilmente per una cosa talmente sciocca. Forse era il sintomo della sua ansia per quel cambio di vita.

Il signor Palleschi estrasse un paio di occhiali a pince-nez dal taschino della giacca e sistemò le lenti sul naso.

«Potrei esaminare la lettera di raccomandazione? Tuo padre mi ha scritto che te ne avrebbe fornita una».

«Non è arrivata?» Preso da altri pensieri, si era dimenticato di quella formalità. «Io ho spedito da Mainz, prima di partire».

«L'hai spedita? Si vede che non conosci l'efficienza delle Regie Poste».

Di cosa stava parlando? Voleva dire che la sua lettera era andata perduta? Meno male che ne aveva portata una copia.

«Un solo attimo, prendo subito».

Aprì la valigia e frugò nella tasca dei documenti. Scartabellò alcuni fogli, ma non la trovò. Dove l'aveva messa?

«Lascia stare, non fa niente», il signor Palleschi si sfilò gli occhiali. «Era solo un mio scrupolo. Si spera che prima o poi le poste facciano il loro lavoro».

Alfred alzò lo sguardo dal mucchio di carte che aveva tra le mani.

«Grazie».

«A proposito di tuo padre, come sta?»

«Bene, grazie. Lui tanto in attività con lavoro».

Stava di sicuro commettendo molti errori di italiano; doveva prestare più attenzione alla scelta delle parole.

«Mi fa piacere. Mi ricordo ancora quando mi aiutò a risolvere quella questione diplomatica, all'epoca dello scandalo Krupp», si tamburellò le dita grassocce sul grembo. «Solo grazie a lui si è risolto tutto per il meglio. Quanti quattrini avrei perso, altrimenti».

Lo scandalo Krupp. Quando l'industriale Friedrich Alfred Krupp era morto in circostanze misteriose in seguito alla diffusione di strane voci sui suoi soggiorni a Capri, dove si intratteneva con i giovani del posto. Era piccolo all'epoca dei fatti, ma se ne era continuato a parlare per molti anni.

La porta accanto si aprì e nella stanza si affacciarono due donne: una più matura, con i capelli striati di grigio intrecciati in un'elaborata acconciatura e con un abito in raso liberty nero dal collo alto; l'altra più giovane, che indossava un gilet sopra una camicetta bianca scollata che a stento conteneva i seni prosperosi, e con capelli corti fino a sopra le spalle, nei quali aveva intrecciato delle margherite selvatiche. Se gli fossero interessate le donne, Alfred l'avrebbe trovata molto provocante.

«Ecco le padrone di casa», il signor Palleschi batté i palmi delle mani sulle cosce e si alzò avvicinandosi alle nuove arrivate. «Ti presento mia moglie, Luisa, e mia figlia, Flaminia».

Alfred si alzò a sua volta.

«Salve, molto lieto».

Flaminia sorrise e si portò una ciocca dietro un orecchio; il volto paffuto era tutto arrossato. «Ben arrivato. Spero che tu abbia fatto buon viaggio».

«Manca Cesare, il mio primogenito, ma dovrebbe tornare per cena. Verranno anche il conte Sperelli e sua figlia, nostri cari amici».

*Ach so!* Quindi aveva anche un figlio? Un ragazzo con cui avrebbe condiviso quella casa per un anno? Non sapeva se essere più eccitato o spaventato all'idea.

La signora Palleschi rimase seria. «Siamo felici di ospitarti nella nostra casa», si voltò verso Flaminia. «Perché non lo accompagni nella sua stanza? Scommetto che vorrà sistemarsi un po' prima di cena».

Il signor Palleschi lo prese sotto braccio.

«Giusto, una rinfrescata ci vuole».

A quell'invasione del suo spazio personale, Alfred ebbe la tentazione di ritrarsi, ma si trattenne. Sarebbe stata una scortesia imperdonabile. Prese la valigia e andò incontro a Flaminia.

Lei gli fece un cenno verso il corridoio.

«Seguimi».

Entrò nella prima stanza a sinistra; era buia, e dalla finestra proveniva il riflesso della luce dei lampioni. Flaminia accese la lampadina elettrica che illuminò il letto, uno scrittoio con sopra penna, calamaio e alcuni fogli bianchi, un comodino con il ripiano in marmo che ospitava una bacinella, una pila di libri e un vaso di gerani edera.

«Questi li ho messi io, la stanza mi sembrava un po' spoglia», Flaminia spostò il vaso e tolse un paio di petali secchi dal terriccio. «Spero non ti dispiaccia».

«No, no», Alfred posò la valigia e si sedette sul letto, rimbalzando sul materasso. «Mi piace molto fiori».

«Ah, meno male», sospirò Flaminia. «Piacciono molto anche a me», sfiorò con le dita le margherite nei capelli. «Si vede?»

«Ehm, sì».

Che modo di fare strano, quella ragazza. Stava forse provando a sedurlo? Fatica vana.

Flaminia distolse lo sguardo e aprì l'armadio alle sue spalle, come se stesse cercando qualcosa.

«Qui è tutto a posto», indicò poi la bacinella sul comodino. «Quella viene riempita tutte le sere da Gisella, mentre per fare il bagno bisogna riempire la vasca nell'altra stanza. Di solito si fa una volta la settimana, il sabato».

«Perfetto, grazie».

Flaminia rimase in piedi al centro della stanza, torcendosi le mani con gesti nervosi.

«Spero che la casa ti piaccia e che ti troverai bene con noi. Se vuoi, rinfrescati un po', tanto c'è tempo prima di cena».

Sembrava aver perso un po' della sua sicurezza. Che l'avesse messa a disagio in qualche modo?

«Sì, mi bagno poco, grazie».

Rimasto solo, si sciacquò il viso con l'acqua tiepida del catino, spense la luce e si sdraiò sul morbido letto, poggiando le scarpe sulla coperta. Le palpebre iniziarono ad appesantirsi. Avrebbe dovuto sistemare la valigia, ma decise che ci avrebbe pensato dopo cena; ora voleva solo rilassarsi un po' in vista del suo primo pasto in quella casa. Simpatica, Flaminia, anche se gli aveva fatto una strana impressione, come se non fosse del tutto sincera. Chissà invece che tipo era Cesare. Uno di quei classici ragazzotti mediterranei di cui raccontava Goethe nel suo resoconto di viaggio? O piuttosto un topo da biblioteca, o un ragazzo efebico dai tratti gentili e delicati?

Con uno sforzo d'immaginazione, riuscì a disegnare nella mente un'immagine ben precisa; gli occhi, però, si stavano facendo sempre più pesanti e si chiusero prima che riuscisse a impedirlo.

# Vestigia

*E tu ritorni, o Vita? Ritorni a me con un riso*
*dubio, ed in mano fronde trascolorate rechi.*
*E tu ritorni, o Amore? Obliquo ritorni, ed in mano*
*rechi l'antica tazza, piena d'un falso vino.*
*(Gabriele D'Annunzio, Elegie Romane)*

*La mattina successiva*

Alfred riaprì gli occhi e il buio lo accolse. Dove si trovava? Che giorno era? E perché se ne stava sdraiato sul letto con gli indumenti e le scarpe? Si sollevò a sedere e massaggiò le gambe rattrappite; il torpore gli rendeva la testa pesante. Caspita, che dormita.

I Palleschi! Il ricordo della giornata precedente riaffiorò tutto insieme. *Verdammt!* Si era perso la cena. Poggiò i piedi a terra. Come poteva essere stato così idiota? Prese l'orologio dal taschino e lo avvicinò alla finestra con le persiane aperte: erano le sei e mezza. Aveva dormito qualcosa come dodici ore di fila.

Si massaggiò gli occhi cisposi. Che figuraccia aveva fatto. Si era impegnato così tanto per arrivare puntuale, ce l'aveva anche fatta contro ogni aspettativa, e poi aveva mandato tutto all'aria nel modo più stupido possibile. Immaginò i Palleschi prendersi gioco della sua goffaggine e farne oggetto di conversazione a tavola. Chissà quante risate.

Non doveva pensarci, ormai il danno era fatto. Tanto valeva

prepararsi per il primo giorno di università. Ruotò la corona dell'orologio in senso orario fino a incontrare una leggera resistenza. Aprì poi il vetro della finestra che dava sui platani di via Veneto e lasciò che nella stanza entrasse un po' di brezza mattutina. Slacciò il papillon, tolse la giacca e sbottonò la camicia, rimanendo a petto nudo; i capezzoli si inturgidirono a contatto con l'aria fresca.

Con le mani a coppa, prese l'acqua dal catino di terracotta e se la gettò in viso: era fredda e finì di svegliarlo; alcune goccioline gli colarono lungo il collo e gli bagnarono il petto. Rabbrividì e andò in cerca di un panno di cotone senza trovarlo. Maledizione, aveva perfino dimenticato di disfare la valigia!

Si asciugò con la camicia del giorno prima e si chinò sul bagaglio. Trasferì tutti i vestiti sul letto e recuperò l'astuccio di cuoio, con gli effetti personali per la toilette mattutina. Tirò fuori il rasoio col manico in legno e il sapone da barba, che inzuppò nel catino per poi passarselo sul viso, ricoprendolo di un denso strato di schiuma. Fuori, il cielo stava iniziando a rischiararsi e a illuminare alcuni fruttivendoli che stavano scaricando cassette di verdure sui banchi della via. L'alba romana era di un azzurrino smorto, nulla a che vedere con le esplosioni di rosa e arancione dei cieli di Mainz; forse era a causa della differente latitudine.

Lavò il rasoio dai resti di schiuma, risciacquò il viso e iniziò a strofinarsi i denti con lo spazzolino di metallo ricoperto di pasta dentifricia al mentolo. Cercò di prolungare il più possibile quel momento, più di quanto era abituato a fare. Fosse stato per lui, si sarebbe chiuso in quella stanza e non sarebbe mai più uscito: non aveva voglia di affrontare i Palleschi dopo quella figuraccia.

***

Alfred scese in piazza Barberini insieme a Flaminia e camminarono verso la fermata del tram vicino alla fontana del Tritone. C'era già un gruppo di uomini in attesa, probabilmente impiegati, dagli abiti grigi e con i volti tirati, in attesa; nella piazza echeggiava il suono degli zoccoli dei cavalli. Dopo la vergogna della cena saltata, ora era l'ansia per il primo giorno di università al centro dei suoi pensieri.

Flaminia si appoggiò con la gonna color prugna a un pilone di cemento davanti alla fontana del Bernini e sistemò la borsa di pelle a tracolla sul grembo.

«Lo sapevi che la scuola dove insegno si trova proprio vicino allo *Studium Urbis*? Così possiamo fare un pezzo di strada insieme».

Alfred arrossì di fronte a quell'espansività: non ci avrebbe mai fatto l'abitudine. Forse stava cercando di metterlo a proprio agio e fargli scordare la figuraccia della sera precedente.

«Senti, sono molto dispiaciuto per ieri sera. Non so come...»

«Ma no, stai tranquillo», lo interruppe lei. «Hai sentito quello che ti ha detto mio padre, no? Eri stanco per il viaggio e non hai motivo di scusarti».

Il peso sullo stomaco gli si alleviò un po'. A colazione, il signor Palleschi aveva parlato con un tono che sembrava di circostanza, ma se anche la figlia insisteva sul fatto che non doveva dispiacersi, allora doveva ritenere dimenticata la faccenda. Eppure, non poteva fare a meno di considerarsi un idiota.

Flaminia si aggiustò una ciocca di capelli sfuggita al cappellino piumato, dello stesso viola della gonna.

«Tra l'altro c'erano anche il conte Sperelli e la figlia Elena, quindi non ti sei perso niente».

Gli Sperelli... Anche il signor Palleschi li aveva nominati la sera prima. Se non ricordava male, erano amici di famiglia. Il padre di Flaminia doveva essere una persona influente, se aveva come amico un conte.

Il tram arrivò in uno sferragliare di lamiere; la carrozza era già piena di persone, alcune sedute intente a leggere il giornale, altre in piedi che si aggrappavano alle maniglie.

Alfred si piazzò davanti a un signore di mezza età seduto, con il naso infilato in una copia del *Messaggero*. In prima pagina campeggiava la scritta: "Una giornata di concitate manifestazioni elettorali".

L'uomo sollevò lo sguardo e diede una scossa ai fogli di carta.

«Ehi, giovane. Se proprio vuoi leggere il mio giornale, vattelo a comprare». Le sue sopracciglia aggrottate erano così folte che sembravano due grossi bruchi.

Quelle parole lo colpirono alla bocca dello stomaco. Ma chi si credeva di essere quello lì? Gli venne voglia di ribattere, ma non avrebbe mai litigato con un italiano. Già non riusciva a battibeccare in tedesco, figurarsi in una lingua straniera.

Flaminia gli posò una mano sulla spalla. «Lascialo perdere. Roma è piena di buzzurri».

Ancora quella parola curiosa: doveva far parte del gergo romanesco.

Il tram svoltò su un viale ampio, brulicante di carrozze, carretti e passanti. Un signore lasciò cadere qualche moneta argentata nel cappello rovesciato di un senzatetto addormentato e proseguì oltre; una donna con un barboncino al guinzaglio scese dal marciapiede per evitare lo stesso senzatetto e tirò a sé il cagnolino, che stava annusando i piedi scalzi dell'uomo. Sembravano esserci molti più mendicanti rispetto a Mainz.

«E quindi studi arte», disse Flaminia. I suoi occhi, alla luce del mattino, erano marrone scuro, come i capelli. «Che progetti hai per il futuro?»

«Non so questo. Io volevo solo approfondire il tema arte».

Lei rise. «Scusa, forse era una domanda inopportuna. Non bisogna avere per forza fini pratici per fare qualcosa, anche se ci vogliono convincere di questo».

Alfred si morse una pellicina del pollice. Forse le aveva dato una risposta troppo brusca? Non era abituato a domande di questo tipo.

«E tu? Quale progetti hai tu?»

Flaminia si strinse nelle spalle. «Insegnare è sempre stata la mia passione. Sono contenta di fare questo mestiere, anche se all'inizio volevo andare alla Casa dei Bambini di San Lorenzo. Ma secondo mio padre non era un posto adatto a una persona del mio rango», contorse la bocca con disgusto al pronunciare quella parola. «Però non mi lamento. Ho studiato per conto mio questo nuovo metodo di insegnamento di cui parlava la dottoressa Montessori in un suo libro di qualche anno fa, e nel mio piccolo cerco di metterlo in pratica coi miei alunni».

Montessori... Quel nome non gli era nuovo, anche se non avrebbe saputo dire a cosa lei si stesse riferendo.

«Sembra interessante. Che cosa tratta?»

«Si tratta di un nuovo metodo di insegnamento in cui al centro vengono messi i bambini e la loro educazione. E non i metodi coercitivi che ancora vanno tanto di moda. Ma purtroppo pare che agli insegnanti piaccia così tanto picchiare gli alunni».

Alfred ancora ricordava le bacchettate che Herr Schulz, il suo maestro, gli infliggeva ogni volta che si distraeva a guardare fuori dalla finestra gli scoiattoli che si arrampicavano sui pini. Non gli sarebbe dispiaciuto un sistema educativo diverso, eppure in quale altro modo si poteva gestire una classe di alunni? Apprezzava la determinazione nella voce di Flaminia, la sicurezza con cui parlava di questa nuova teoria. Sembrava sapere cosa voleva e come fare per ottenerlo. Lui, invece, non aveva idea di come ottenere quello che non sapeva di volere.

***

Alfred attraversò il portone d'ingresso della Chiesa di Sant'Ivo alla Sapienza e si ritrovò nel cortile interno dell'università, che già brulicava di studenti. Con i suoi portici laterali, formati da archi a tutto sesto disposti su due piani e separati da colonne con capitello dorico, il cortile somigliava molto al chiostro di un monastero. Sul fondo, una piccola esedra costituiva l'ingresso alla chiesa vera e propria, che svettava sul cortile con la sua lanterna a spirale di stile barocco, sulla quale era posto un pinnacolo con un crocifisso che sembrava perdersi nei meandri del cielo. *Wunderbar*... Non si aspettava che la sede universitaria fosse così affascinante.

Un ragazzo lo urtò e continuò a camminare senza neanche voltarsi.

«Ehi!»

Quello attraversò un portone laterale e scomparve. Ma che modi, neanche gli aveva chiesto scusa. Altri ragazzi, con in mano borse di cuoio e plichi di fogli svolazzanti, andavano nella stessa direzione. Doveva essere l'ingresso della facoltà.

Alfred si unì al flusso di folla, attraversò il portone in legno scuro e si ritrovò in un atrio circondato da alte librerie di legno con sportelli di vetro, piene di volumi rilegati di tutte le dimensioni; il soffitto era formato da volte a botte affrescate con soggetti religiosi, mentre il pavimento di marmo arabescato risuonava dei passi degli studenti.

Dietro a un banco di legno, dove si era formata una fila di altri ragazzi, sedeva un ometto pelle e ossa, con i capelli unti pettinati di lato e occhiali spessi, che stava vergando qualcosa su un foglio; alle sue spalle c'era una cabina di legno vetrata con un'altra persona seduta a una scrivania. Doveva essere la segreteria, dove avrebbe dovuto consegnare i documenti per regolare la sua immatricolazione. Si mise in fila dietro a un ragazzo dalla giacca color sabbia.

Il segretario consegnò il foglio a uno studente.

«Avanti il prossimo».

Meno male, la fila sembrava scorrere. Alfred estrasse l'orologio: erano le nove meno un quarto. Secondo il calendario, la prima lezione, storia moderna del professor Ceci, sarebbe iniziata alle nove. Aveva ancora tempo, ma un groppo d'ansia iniziò a stringergli lo stomaco: non voleva fare tardi il primo giorno.

«Prego, il prossimo».

Toccava già a lui. Si avvicinò e si schiarì la voce. «Buongiorno, io sono lo studente Alfred Bösgel e devo confermare mia immatricolazione». Ripetere quella frase imparata a memoria gli diede un senso di conforto.

Il segretario strinse gli occhietti in due fessure. «Alfred come?»

«Bös-gel». Alzò il tono di voce e cercò di scandire bene le sillabe.

«Besghel?», il segretario scosse la testa. «Non ho capito».

O era sordo o era lui che non riusciva a farsi capire. Infilò la mano nella tasca interna della giacca ed estrasse il taccuino. Ne strappò un foglio, si appoggiò al banco e scrisse il suo nome con una grafia il più chiara possibile; la mano gli tremolava un po'.

Il segretario si appiccicò il foglio agli occhiali, mormorò qualcosa e se ne andò nell'ufficio.

Alfred inspirò a fondo, cercando di dissipare il fastidio che gli aveva procurato quell'interazione. Perché ci stava mettendo così tanto? Ci mancava solo che facesse tardi per la prima lezione.

Si voltò verso gli altri studenti in fila. Dietro di lui c'era un ragazzo dai capelli scompigliati e dai vestiti stropicciati che gli fece un cenno di saluto. Con quel naso grosso e gli occhi piccoli era proprio bruttino, ma Alfred arrossì lo stesso, ricambiò e si voltò.

Il segretario uscì dall'ufficio e ritornò al banchetto.

«Mi dispiace, ma non ho trovato nessuna immatricolazione corrispondente a questo nome», allungò il collo a guardare il ragazzo dietro di lui. «Il prossimo!»

«C-come?»

Un'ondata di panico lo investì in pieno petto e il tremolio alle mani si intensificò. Si ricordò dell'episodio del giorno prima con il signor Palleschi riguardo alla sua lettera di presentazione. Non è che le poste avevano smarrito anche i suoi documenti per l'università?

«Non c'è nessuna immatricolazione a suo nome», la voce del segretario divenne sprezzante. «Mi capisce o glielo devo scrivere?»

Il panico si tramutò in rabbia. Alfred si avvicinò al banco e cercò gli occhi dell'impiegato; le orecchie gli si erano tutte surriscaldate dall'indignazione. Come si permetteva di insultarlo in quel modo? Peggio di quel tizio di prima sul tram.

Iniziò a parlare, a protestare che un trattamento simile era inaccettabile, e le frasi gli uscivano stranamente fluide dalla bocca. Si rese conto che stava parlando in tedesco solo quando qualcuno gli toccò la spalla.

«Ma che sta succedendo?» Il ragazzo dietro si avvicinò al banco.

Il segretario indicò Alfred con mano tremante e scosse la testa più volte. «Non capisco cosa dice, è solo un barbaro che dovrebbe tornarsene al proprio Paese».

Alfred inspirò a fondo e fece finta di non aver sentito quell'ennesimo insulto che rischiava di fargli perdere del tutto le staffe.

«D-deve essere un errore. In estate io spedito immatricolazione con posta e ricevuto...», schioccò le dita, «*Bestätigungsbrief*, lettera di conferma, che...»

«E io che posso farci?», lo interruppe il segretario. «In archivio i documenti non ci sono, e se non li trovo non posso convalidare un bel niente».

Si morse la lingua. *Arschloch!* Non aveva neanche lo scrupolo di controllare meglio.

«Mi scusi», disse l'altro ragazzo, «magari potrebbe andare a verificare un'altra volta. Forse ha sbagliato a leggere il nome, o...»

«No, le posso assicurare che il nome l'ho letto benissimo».

Il ragazzo sbuffò. «Ma che le costa ricontrollare? Per lei è un fastidio di poco conto, ma per il mio collega è una questione molto importante», indicò la fila. «E poi sta facendo perdere tempo a tutti noi. Tra poco iniziano le lezioni».

Il segretario tamburellò con le dita sul ripiano in legno. Guardò il ragazzo con astio e spostò lo sguardo sulla fila dietro. Riprese il foglio con il nome sopra. «Aspettate qui». Tornò dentro e si sbatté la porta alle spalle.

Alfred si asciugò i palmi sudati sul retro dei pantaloni.

«Grazie mille».

«Di niente», il ragazzo gli porse la mano. «Mi chiamo Leonardo, piacere di conoscerti».

Gliela strinse: aveva le dita ruvide e una presa salda. «Alfred».

Leonardo scosse la testa. «Che persona sgradevole, quell'impiegato».

«Già». Aveva avuto fin dall'inizio la sensazione che quell'ometto lo stesse trattando diversamente solo perché straniero, e quell'ultima frase razzista glielo aveva confermato. Non si era stupito che, appena era intervenuto un italiano, aveva subito ammorbidito il suo atteggiamento.

Il segretario riemerse dall'ufficio con un plico di fogli in mano: il suo viso era bianco come latte andato a male e gli occhietti vagavano in tutte le direzioni.

«Ecco l'iscrizione. Avevo... si era mischiata con altri fogli», si schiarì la voce. «Sarà stato qualcuno che ha fatto confusione lì nell'armadio».

Il nodo allo stomaco gli si sciolse tutto insieme.

«Meno male. Grazie».

Il segretario gli porse un altro foglio: questa volta era a lui che tremavano le mani. «Deve firmare qui e siamo a posto».

Finalmente ce l'aveva fatta! Firmò e riconsegnò il modulo.

Anche Leonardo regolarizzò la sua iscrizione. «Sappia che reclameremo con i suoi superiori», riconsegnò i fogli al segretario e lo guardò dritto negli occhi. «Non è ammissibile che gli studenti di questa università vengano trattati in modo così scortese».

L'impiegato sgranò gli occhi. «La prego, non lo faccia», abbassò lo sguardo. «Non succederà più».

Alfred ebbe voglia di esultare. Che carattere quel Leonardo, l'aveva rimesso proprio in riga. Il Signore era stato provvidenziale a fargli venire quel paladino in aiuto.

«Davvero fai ora reclamo?»

Leonardo fece un gesto con la mano e ridacchiò. «Macché, era solo per mettergli un po' di strizza. Così almeno non farà più il gradasso».

Alfred controllò l'ora: erano le 9:10. Misericordia, era in ritardo per la prima lezione.

Leonardo si fermò. «Non ti ho chiesto che cosa studi».

«Arte e italianistica. Ora è lezione, io dovrei andare».

Gli occhi di Leonardo si illuminarono. «Storia moderna del professor Ceci?»

*Ach so!* Come faceva a saperlo?

Leonardo scoppiò a ridere. «Allora ci siamo iscritti allo stesso corso», riprese a camminare nel corridoio. «Vieni, se no facciamo tardi».

Che coincidenza! Sospirò di sollievo: almeno non sarebbe stato l'unico a entrare in aula in ritardo.

***

La vibrazione del sedile del tram massaggiava le gambe di Alfred indolenzite dalla lunga passeggiata. Non vedeva l'ora di andare alla scoperta dei gioielli architettonici della città tra le strade del centro, ma non immaginava che potessero essere così lunghe. Che fatica percorrerle, e ne aveva visto solo una minima parte.

Flaminia ridacchiò e si coprì la bocca con la mano guantata di bianco. «Che città stancante Roma, vero? Però, quanto è bella».

«Qualcosa come Roma non ho mai visto».

Davanti agli occhi aveva ancora l'immagine del Vittoriano, con la statua equestre di Vittorio Emanuele II e i tricolori italiani che sventolavano sullo sfondo del marmo bianco come nelle foto risalenti all'esposizione universale di due anni prima, che aveva visto in Germania. Da lì avevano attraversato la decadenza romantica delle rovine del Foro Romano e del Colosseo, dove non c'erano più i pascoli di vacche di cui gli raccontava suo padre, ma persistevano venditori ambulanti di cacio e di agrumi che si riparavano all'ombra della *Meta Sudans*. Avevano attraversato poi il rione Alessandrino, interessato da diversi scavi archeologici, e avevano raggiunto la nuova via Cavour e la maestosità della basilica di Santa Maria Maggiore, con le sue colonne di stile ionico che tradivano le origini paleocristiane e il pavimento cosmatesco che, con i suoi elaborati intarsi geometrici, si abbinava alla perfezione agli esotici mosaici tardo-antichi a decorazione dell'arco trionfale, con le scene dell'Antico Testamento e dell'Infanzia di Cristo. Che strana sensazione vedere dal vivo ciò che aveva sempre ammirato in dipinti o incisioni. In quella basilica c'erano così tante opere d'arte tutte insieme che Alfred sarebbe rimasto ad ammirarle tutta la notte, invece di tornare a casa.

Il vagone del tram si arrestò davanti alla fontana del Tritone. Alfred faticò a tirarsi in piedi e scese con andatura zoppicante, dirigendosi con Flaminia verso casa. Sognava solo di sdraiarsi sul suo morbido letto dopo quella giornata così intensa.

Un odore di cucinato si mescolava a quello di vernice nell'atrio del condominio. Dentro l'ascensore non c'era più il ragazzo del giorno prima, ma un uomo anziano, con il volto paonazzo e rughe profonde come solchi in un terreno arato. Alfred non sapeva se essere deluso o sollevato di quell'assenza, e quel dubbio gli adombrò il buonumore derivato dalla passeggiata. Ma perché non riusciva a smettere di pensare?

Flaminia sedette sul divanetto con un sospiro. «Non ce la faccio più neanch'io. Camminare stanca».

Alfred sorrise. Se camminare non le piaceva così tanto, magari le altre volte sarebbe andato da solo, così avrebbe potuto prendersi tutto il tempo che desiderava.

«Simpatico, però, quell'amico tuo».

«Chi? Leonardo?»

«Sì, lui», lei si rigirava la catenina della borsa color prugna attorno alle dita. «Certo, da due parole scambiate all'uscita dall'università non si può giudicare una persona, però sembra un tipo solare».

«Già».

"Solare", che bella parola, se la sarebbe dovuta appuntare una volta tornato in camera. Anche a lui Leonardo aveva dato un'idea di calore e luminosità. E poi gli doveva un favore enorme.

Il corridoio sembrava non avere fine. Alfred si aspettava di percepire di nuovo il fresco insinuarsi sotto gli indumenti umidi di sudore, invece anche lì faceva più caldo rispetto al giorno precedente. La temperatura doveva essersi alzata di qualche grado.

Finalmente arrivarono alla porta d'ingresso. Flaminia suonò il campanello e sulla soglia comparve un ragazzo riccioluto, dal volto roseo e il fisico ben piazzato. Occhi verde scuro iniziarono a scrutare Alfred.

«Ce l'avete fatta a tornare. Che avete fatto, il giro di Peppe?»

Alfred rimase piantato come una statua. Lui doveva essere…

«Cesare», il giovane tornò a guardarlo e gli porse la mano. «Se non mi sono del tutto rimbambito, tu devi essere Alfred».

Lui si limitò ad annuire. La presa di Cesare era di ferro e gli fece indolenzire la mano. Come mai a Roma tutti stringevano la mano come se fosse una gara di forza?

Flaminia passò davanti al fratello. «Sta' sicuro che non ci perdiamo, noi».

Cesare sbuffò. «Ancora con quella storia? Lo sai che da ubriaco perdo l'orientamento».

«Ah, e vantati pure».

Lei accennò ad Alfred, che si affrettò a distogliere lo sguardo. Non voleva che lo mettessero in mezzo a quel battibecco.

«Beh, non ho mica niente da nascondere, io», Cesare imitò l'espressione altezzosa della sorella. «E comunque stavo uscendo. È sempre un piacere incontrarti, sorellina».

Si avvicinò ad Alfred e gli pose una mano sulla spalla. «Non farci caso. Bisticciamo sempre in questo modo, ma ci vogliamo bene».

«No, io non te ne voglio» esclamò Flaminia dal salotto.

«E io neanche», Cesare si voltò sulla soglia. «È stato un piacere conoscerti, ci vediamo dopo». E gli fece l'occhiolino.

Solo in quel momento, Alfred si rese conto del fiore che Cesare portava all'occhiello: dai petali sembrava proprio un garofano verde. Che colore strano. Per qualche motivo, quel fiore gli riportò alla mente Oscar Wilde. Un momento... Il suo cuore si fermò per un attimo. Il garofano verde era il fiore di riconoscimento per gli *uranisti*!

«Non preoccuparti», Flaminia tornò verso l'ingresso e si ravvivò i capelli appiattiti dal cappello. «Deve sempre fare lo sbruffone per mettersi in mostra. Soprattutto con chi ha appena conosciuto».

«Non fa niente», Alfred appese il cappello e il soprabito all'attaccapanni. «Cesare porta sempre quel fiore?»

Lei aggrottò le sopracciglia. «Che fiore?»

Alfred si indicò il taschino della giacca. «Fiore che stava qui».

«Ah, quello. Sì, indossa sempre quello stupido garofano verde, soprattutto quando esce con i suoi amici. Contento lui, a me non piace».

Alfred rimase da solo, stordito dall'incontro con Cesare e la scoperta che aveva fatto. Non si sarebbe mai aspettato di incontrare a Roma un suo simile, un *uranista* come lui; non così presto almeno, e men che mai nella stessa casa dove avrebbe abitato.

La cosa lo deliziava e lo terrorizzava al contempo.

# Ottobrata

*Ridono tutte in fila le linde casette ne 'l dolce*
*sole ottobrino, quale colore di rosa, qual bianca,*
*come tante comari vestite de 'l novo bucato*
*a festa. Su le tegole brune riposano enormi*
*zucche gialle e verdastre, sembianti a de' cranii spelati,*
*e sbadiglian da qualche fessura uno stupido riso*
*a 'l meriggio. Seduto su un uscio un vecchietto sonnecchia*
*pipando, e un gatto nero gli dorme tra' piedi. Galline*
*van razzolando intorno; si sente il rumor de la spola*
*e d'una culla a 'l ritmo di lenta canzone; poi voci*
*fresche di bimbi, risa di donne; poi brevi silenzii.*
*Il bel vecchietto russa, inclinato su l'òmero il capo*
*bianco, ne 'l sole. Io guardo la placida scena e dipingo.*
*(Gabriele D'Annunzio, Primo Vere)*

*Valle della Caffarella, Roma. Domenica 5 ottobre 1913*

La tenuta del conte Sperelli, una bassa villetta in mattoni rossi, era circondata da una folta macchia di lecci e roverelle dalle chiome color giallo arancio. Alfred camminava insieme a Flaminia sul viale ghiaioso ricoperto di foglie secche che scricchiolavano sotto i suoi tacchi. Che spettacolo quell'esplosione di colori autunnali, gli sembrava di essere nello *Stadtpark* di Mainz. Anche lì le querce e le betulle dovevano aver preso ormai colori simili.

Lei si strinse nello scialle di lino, le cui frange arrivavano a lambire il tessuto dei suoi larghi pantaloni alla turca.

«È un po' che non venivamo da queste parti. Con l'autunno, sembra un luogo più tetro».

Alcune cornacchie si alzarono in volo dai rami di una quercia e gracchiarono, nere contro le dense nubi grigiastre. Luogo tetro? Forse, ma sarebbe rimasto volentieri tutto il giorno ad ascoltare il rumore degli uccelli tra le chiome degli alberi, con il vento tiepido che gli accarezzava le guance accaldate, sperando di scorgere qualche scoiattolo o qualche lepre. Come si faceva a non apprezzare quell'atmosfera autunnale?

Il cancello di legno che delimitava la proprietà era sbilenco e con i chiodi arrugginiti, doveva essere molto tempo che non veniva sistemato. Cesare li precedeva a grandi falcate sul viale sterrato che conduceva alla villa, mani in tasca e cappello che non riusciva a trattenere i riccioli scuri ondeggianti. Sotto il portico, delimitato da tre colonne in laterizi, c'erano un uomo anziano, mezzo calvo e col pizzetto, e una ragazza dai capelli biondi. Alfred strinse gli occhi. Dovevano essere il conte Sperelli e la figlia. Com'è che si chiamava?

Il conte scese i gradini del porticato e porse la mano a Cesare.

«Sono contento che abbiate accettato il mio invito».

Lui gliela strinse e la scosse con vigore.

«Non avrei mai potuto rifiutare», si avvicinò alla ragazza, tolse il cappello e fece un inchino. «Ben trovata, Elena. Sempre più incantevole, vedo».

La figlia del conte arrotolò l'indice nei capelli e inclinò la testa.

«E tu sempre più adulatore, sbaglio?»

Aveva occhi verde intenso, che spiccavano sul viso roseo e affilato. Erano simili a quelli di Cesare; per un attimo gli balenò il pensiero che potessero essere fratello e sorella. Davvero assurdo.

Uno spillo di gelosia punse Alfred. Quei due sembravano molto in confidenza, pareva quasi che si stessero facendo la corte a vicenda. Per di più, lui non indossava il garofano verde. *Na ja…*

Forse aveva preso una cantonata nel pensare che anch'egli fosse un *uranista*.

«Alberto!» Il signor Palleschi li raggiunse e allargò le braccia. «Meno male che ci sei tu, che ci fai passare le ottobrate in luoghi così ameni».

Il conte si chinò ad abbracciarlo. Pareva esserci una profonda amicizia tra i due.

«Caro Giovanni, era il minimo per ricambiare l'invito a cena», si staccarono e il conte lo guardò dall'alto in basso. «Fa' i miei complimenti a Gisella, la sua cucina è sempre più gustosa».

Lui appoggiò le mani sul panciotto stirato dal ventre rigonfio.

«Già, guarda come mi sta riducendo» scoppiò a ridere.

La signora Palleschi si avvicinò al marito con lo sguardo rivolto al conte; quest'ultimo fece un mezzo inchino.

«Signora Luisa, è un vero onore averla come ospite».

Le prese la mano coperta da un guanto rosso carminio e la sfiorò con le labbra.

Lei guardò la casa.

«È sempre un piacere venire in questa splendida dimora».

Sperelli fece un gesto vago.

«Ah, è solo una villetta rustica. Poco più di un rudere».

Aveva un modo strano di osservare la donna, simile a quello di Cesare, quando aveva guardato Elena poco prima. Ad Alfred, per un attimo, lui e il conte sembrarono la stessa persona, ma in due fasi diverse della vita. Era proprio vero che, come diceva spesso sua madre, per somigliarsi non serviva per forza essere parenti.

«E lui invece è il nostro giovane amico tedesco» esclamò il signor Palleschi.

Alfred si riscosse dai pensieri. Non si era reso conto che stavano facendo le presentazioni.

«Sarà nostro ospite per il prossimo anno, e francamente spero che Roma gli piacerà così tanto da voler restare».

E ora che stavano a significare quelle parole? Davvero stavano già facendo progetti per il suo futuro?

Il conte gli strinse la mano: aveva dita lunghe e ossute, la pelle ricoperta da macchie dell'età.

«Finalmente ci conosciamo. Sono lieto di trovarti sveglio, questa volta».

Il viso di Alfred si incendiò e le gambe gli diventarono di fango. Se l'era immaginato o Sperelli aveva davvero pronunciato quelle parole?

«Ma dai, Alberto, lascialo stare. Era reduce da un lunghissimo viaggio. Fossi stato al posto suo, mi sarei addormentato sul treno e non sarei mai sceso».

Il conte Sperelli scoprì i denti giallognoli e gli fece l'occhiolino.

«Ma sì, la mia era una burla. Mai dare retta a un vecchio come me, ragazzo, mai», fece poi un gesto verso la tenuta. «Spero che i miei cavalli possano essere uno dei motivi per farti rimanere nella capitale. Venite, vi porto a vederli. Li ho cambiati dall'ultima volta che mi avete fatto visita», posò poi una mano sulla schiena della figlia. «Perché nel frattempo non accompagni la signora Luisa e la signorina Flaminia a vedere la casa?»

Flaminia fece una smorfia.

«A dire il vero preferirei i cavalli, se non è un problema».

Sperelli la guardò con aria incuriosita.

«Oh, beh, nessun problema, anzi. Allora andiamo».

***

La porta della stalla, invasa da edere rampicanti, era già aperta per metà. All'interno, gli odori di fieno e di letame si mescolavano formando l'aroma tipico delle stalle. Negli scompartimenti di legno, tre cavalli stavano allungando il collo al di sopra della staccionata, nel tentativo di raggiungere la biada che un uomo di mezz'età, con le maniche della camicia arrotolate fino ai gomiti, stava raccogliendo sotto di loro con un forcone.

«Lui è Achille», Sperelli indicò l'uomo, che si appoggiò al forcone e si asciugò il sudore dalla fronte, solcata da profonde rughe. «Insieme alla moglie mandano avanti la baracca quando non ci sono. Senza di loro non potrei mostrarvi questi miei gioielli».

Flaminia e il padre si avvicinarono ai cavalli con passi che risuonarono sordi sulla pavimentazione in argilla. Cesare si guardava intorno con le mani nelle tasche dei pantaloni; sembrava annoiato, come se volesse trovarsi da qualche altra parte. Alfred si tenne alla larga da quelle bestie. Lo avevano già fatto cadere una volta, quando era piccolo, e non aveva nessuna intenzione di andarci troppo vicino.

«Lui è D'Artagnan», Sperelli indicò il primo cavallo, snello e color terra. «È un berbero di razza. I suoi antenati hanno partecipato a molti carnevali, ma da quando il Re ha vietato le corse il loro valore è colato a picco».

«Peccato», sospirò il signor Palleschi. «Ho sempre voluto comprarne uno, ma ora non credo ne valga più la pena».

Flaminia si avvicinò al cavallo e gli sfiorò il muso. L'animale sbuffò attraverso le froge, ma si lasciò accarezzare.

«Lui invece è Asdrubale, di razza calabrese», Sperelli accarezzò un muso massiccio e color sabbia. «Non è un gran corridore, ma salta che è una meraviglia», il cavallo, al contatto con la mano del conte, agitò le orecchie e scosse la testa. «E ha pure un bel caratterino».

Flaminia lo guardò a distanza. Forse nemmeno a lei ispirava troppa dolcezza.

Sperelli andò verso l'ultimo cavallo, alto e slanciato, color caffè e con occhi così grandi che ricordavano quelli di un bovino.

«Lui invece è il mio più grande orgoglio», al conte Sperelli si illuminarono gli occhi: sembravano quelli di un innamorato. «Si chiama Apelle ed è un purosangue inglese, allevato da Federico Tesio in persona. Pensate che l'ho vinto a una scommessa».

«Una scommessa col mago di Dormello?» Il signor Palleschi

spalancò gli occhi. «Accidenti, Alberto, sei un uomo fortunato».

«Chi sarebbe questo mago?» Flaminia sussurrò qualcosa al purosangue e con le dita gli stuzzicò il muso, come se stesse giocando con un bambino.

«Federico Tesio, il genio dei purosangue inglesi», disse Sperelli. «Con i suoi studi scientifici sta cercando di dare alla luce una sorta di cavallo ideale». Iniziò anch'egli ad accarezzare l'animale, che mosse un po' la testa. «Non è un approccio che mi piace molto, troppo innovativo per i miei gusti, ma pare che stia dando ottimi risultati. Due anni fa, nel derby di galoppo, ha sbancato con il suo Guido Reni».

Guido Reni, uno dei pittori preferiti di Alfred! La domenica andava a messa nella chiesa di Santa Maria della Concezione di via Veneto solo per ammirare il magnifico dipinto dell'Arcangelo Michele che sconfigge Satana. Anche se non gli piacevano i cavalli, quello gli venne in simpatia solo per il nome.

Il conte Sperelli continuava ad accarezzare Apelle.

«E lui non è da meno. Finora non ha mai perso una gara, ha sempre sbaragliato tutti i suoi avversari in pista».

Il signor Palleschi si massaggiò il doppio mento.

«Questo sì che sarebbe un buon investimento, allora».

Qualcosa attirò l'attenzione di Sperelli, che si staccò dal cavallo e si voltò verso Achille.

«Perdonatemi un istante, torno subito».

Flaminia fece cenno ad Alfred di avvicinarsi.

«Ha un muso morbidissimo. Vieni ad accarezzarlo anche tu».

L'idea di toccare la bestia gli diede un moto di repulsione. D'istinto incrociò le mani dietro la schiena.

«No, grazie».

«Non ti piacciono i cavalli?»

«Sì, ma... Ho un poco paura da loro».

Cesare li raggiunse. Osservava il cavallo con aria seria, come se fosse intento in una profonda riflessione. Sperelli, invece, dialogava fitto fitto con Achille, in un sussurrare appena percettibile.

«E non voglio più tornare sull'argomento!» Il conte si girò verso di loro e li raggiunse; il volto si piegò in un sorriso, ma i suoi occhi erano foschi.

Chissà di cosa aveva parlato con lo stalliere. Forse la situazione non era così idilliaca come poteva sembrare? In effetti, tra cancello rotto, erbacce invadenti e – ora che Alfred ci faceva caso – la poca biada che Achille aveva già finito da dare ai cavalli, pareva che i due nobili non se la passassero troppo bene.

«Allora, chi vuole fare un giro?» Sperelli batté le mani e indicò i cavalli. «I miei pargoli scalpitano. Non ce la fanno a stare dentro per troppo tempo».

«A me farebbe piacere», Flaminia si staccò dal muso di Apelle. «Preferisco vederli in libertà, piuttosto che chiusi in una stalla».

«Io passo, invece», lo sguardo di Cesare era già proiettato sull'uscita. «Grazie per la visita».

Il padre aggrottò le sopracciglia.

«Come mai? Non vuoi farti un giro?»

«Non mi va di sporcarmi. Vado a raggiungere le signore».

«Ma dai», Sperelli gli diede un buffetto sulla guancia, come si fa con un bambino piccolo. «Le signore possono stare da sole ancora per un po'. Ora mostraci come cavalca un vero uomo».

Lo sguardo di Cesare diventò gelido. Si ritrasse dal contatto con il conte.

«Lo so come cavalca un vero uomo. E io non devo dimostrare niente a nessuno».

Il conte alzò le mani e un ghigno gli scoprì i denti storti.

«Come non detto».

«Potresti andare con Alfred», intervenne Flaminia. «Da quanto ho capito non è molto pratico di cavalli. Se lo accompagni lo potresti aiutare», si voltò verso di lui, «sbaglio?»

Alfred avvampò. Ci mancava solo che venisse dipinto come un imbranato. Però, l'idea di cavalcare con Cesare non gli dispiaceva.

«Quindi non sai andare a cavallo, eh?»

Alfred scosse la testa.

«E sia», Cesare si diresse verso l'uscita. «Sellate queste bestie, si parte».

***

Achille uscì dalla stalla impugnando le briglie di due cavalli, portandoli dove aveva posizionato la carriola piena di selle, staffe e briglie di cuoio. D'Artagnan pestò gli zoccoli sulla terra battuta e Asdrubale nitrì e mosse la testa su e giù; sembravano contenti di uscire. Davanti alla stalla si diramavano due sentieri sterrati: uno conduceva a un prato recintato, l'altro fuori dalla proprietà del conte, verso i boschi e le paludi.

Il conte Sperelli guardò Flaminia e le fece l'occhiolino.

«Fatti dare da Achille una sella per la monta all'amazzone, ne abbiamo diverse».

Lei fece un gesto di impazienza con la mano guantata.

«Non ce ne sarà bisogno».

«Che intendi?»

«Ho montato all'amazzone per tutta la mia infanzia e la mia adolescenza. Ora avrei proprio voglia di una cavalcata come Dio comanda, se non è troppo sconveniente».

Il conte sogghignò e abbozzò un inchino.

«Certo, come preferisci», posò una mano sulla spalla di Alfred. «A te consiglio di prendere D'Artagnan, più adatto per i principianti».

«Va bene».

Le mani iniziarono a sudargli. Per lui non c'era differenza: i cavalli lo spaventavano tutti allo stesso modo. Meno male che Cesare lo avrebbe accompagnato; cavalcare da solo sarebbe stata una follia.

Achille accarezzò le criniere e sussurrò qualcosa nelle orecchie dei due animali; una volta calmi, lo stalliere posizionò le staffe e le briglie. Consegnò le redini di Asdrubale a Flaminia, che posò uno stivale sulla staffa e salì a cavalcioni con agilità, a dispetto della sua corporatura grassoccia. Sembrava avere molta confidenza con quegli animali.

Cesare osservava la scena a distanza, appoggiato alla parete della stalla con i piedi incrociati. Pareva volersi trovare da tutt'altra parte. Alfred provò una stretta allo stomaco. Che ce l'avesse con lui per essere stato costretto ad accompagnarlo?

Achille fece avvicinare D'Artagnan, spostò la sella indietro sulla parte posteriore del dorso e gli indicò la staffa.

«Ragazzi', stamme a senti' che te do 'na mano io. Metti er piede su quella, datte 'na spinta e prova a salije 'ngroppa».

Il cuore di Alfred iniziò ad accelerare, la bocca divenne asciutta; deglutì a fatica. Afferrò le redini e mise lo stivaletto sulla staffa. Si tirò su con l'altra gamba, ma il piede d'appoggio gli scivolò e sbatté a terra il sedere. *Ahi*, che male. Arrossì dalla vergogna. Che figuraccia, proprio davanti a tutti. Che avrebbero pensato ora di lui?

«Aiutatelo a salire» disse il conte.

Cesare lo afferrò per i polsi.

«Lascia, ti do una mano io».

Quello era il primo vero contatto ravvicinato tra loro. La sensazione delle mani morbide che lo aiutavano a rialzarsi gli fece accelerare ancora di più il battito cardiaco.

«Dai, metti meglio il piede nella staffa».

Alfred annuì. Infilò di nuovo lo stivaletto e strinse le redini con tutta la forza che aveva. Si diede lo slancio facendo leva sul piede d'appoggio; gli sembrò di ondeggiare di nuovo, ma questa volta due mani forti gli premettero sui lombi: Cesare lo stava sorreggendo. *Ach*... Sarebbe andato a cavallo più volentieri, se avesse potuto godere sempre di quel contatto.

«Ce l'hai fatta!» Flaminia gli si avvicinò in sella ad Asdrubale. «Bello stare in groppa a un cavallo, no?»

"Bello" non era proprio la parola che avrebbe usato. Era instabile sulla sella, gli pareva di essere sul punto di cadere. L'idea gli fece girare la testa. Già sbattere il sedere da mezza altezza non era stato piacevole. Avrebbe afferrato le redini per tenersi in equilibrio, ma poi Cesare non avrebbe avuto spazio per montare davanti.

Come se lo avesse chiamato, balzò da terra e, con la stessa agilità della sorella, salì su D'Artagnan senza bisogno delle staffe. Il cavallo nitrì e scosse la testa, forse agitato dalla presenza di due persone, ma Cesare, seduto direttamente sulla pelle del cavallo, tirò le redini e accarezzò il collo dell'animale.

«Buono. Sta' buono», si voltò verso Alfred. «Come va?»

Le gambe gli tremavano; le stringeva addosso al cavallo nel tentativo di fermarle, anche se il contatto con la pelle dell'animale gli ripugnava. «Bene».

Flaminia colpì con i tacchi i fianchi di Asdrubale, che partì al galoppo.

«Chi arriva ultimo è una signorina!»

«Reggiti forte», esclamò Cesare, «mi raccomando».

Non se lo fece ripetere due volte: strinse la sua vita e il cavallo si lanciò al galoppo. Che strana la sensazione del corpo di Cesare tra le braccia, sotto quegli strati di tessuto così leggero, mentre il vento gli scompigliava i capelli che sbucavano dal cappello e gli zoccoli calpestavano la terra del sentiero. Un misto di piacere e sgomento, di costrizione e libertà.

Raggiunsero Flaminia e la sorpassarono.

«Dove pensavi di andare, sorellina? Credevi di fregarmi bruciandomi sulla partenza?»

Lei stirò le labbra in un sorriso finto.

«Se vai avanti è perché ti lascio andare avanti io».

Colpì ancora una volta con i talloni i fianchi di Asdrubale che, con un maggiore slancio nelle falcate, superò D'Artagnan.

«Non vale! Facile sorpassarci quando siamo in due su una povera bestia, eh?»

Alfred pensava che Cesare avrebbe accelerato ancora di più l'andatura del cavallo, invece prese a rallentare.

«Vai, sorellina, vai pure! Ci rivedremo dopo che ti sarai schiantata».

Flaminia si allontanò sempre di più lungo il sentiero e sparì oltre un ponticello di pietra che attraversava un rigagnolo d'acqua. Cesare fece svoltare D'Artagnan a una biforcazione che si inoltrava nel bosco.

«Dove stai andando?»

Alfred pensava che avrebbe inseguito la sorella nel tentativo di raggiungerla.

«Ti porto a vedere un bel posto qui vicino».

Il respiro gli accelerò. Il cavallo stava procedendo al trotto, su quel sentiero stretto e pieno di radici, eppure Alfred non allentò la presa su Cesare; anzi, si strinse ancora di più a lui.

L'angusto sentiero si allargò ben presto in una radura, al cui centro si trovava un piccolo stagno dall'acqua verdastra. Le rive erano ricoperte in gran parte da canne selvatiche e tutt'intorno si affollavano pioppi e salici ormai poveri di foglie. Il gracidare dei rospi e il canto dei fringuelli creavano un gradevole sottofondo; un airone con le ali grigie attraversò il cielo e scomparve in lontananza.

Cesare fermò D'Artagnan accanto a una quercia e diede una mano ad Alfred per scendere. Legò le redini del cavallo intorno al tronco dell'albero e, fatto un bel nodo stretto, si diresse verso le sponde dello stagno. Sedette su uno spiazzo erboso a pochi passi dall'acqua e posò la mano sull'erba accanto a sé.

«Vieni qui».

Alfred esitò, come se una volta scesi da cavallo, la vicinanza tra loro potesse diventare sconveniente, ma poi lo raggiunse. Si adagiò sull'erba secca, che crepitò sotto il suo peso. Dentro di lui ribolliva una forte eccitazione, ma iniziò a farsi strada anche una sensazione strana, come di disagio. Che voleva veramente da lui?

«Qual è il tuo colore preferito?» Cesare si voltò a guardarlo: i suoi occhi erano ancora più verdi alla luce del sole che filtrava tra le spesse nubi.

Perché quella domanda?

«Giallo ocra». Chissà dove voleva andare a parare.

«E il tuo fiore preferito?»

Fiore preferito? Un sospetto iniziò a germogliare dentro di lui. Non ci aveva mai pensato.

«Girasole» anche se gli unici che avesse mai visto erano quelli del quadro di Van Gogh.

Cesare fece schioccare la lingua.

«Quindi non ti piacciono i garofani verdi?»

Quelle parole gli tolsero il fiato per un attimo. Ecco dove voleva arrivare, allora.

«Ehm, sì, a me piace garofani molto».

«E quelli verdi?» I suoi occhi erano seri, le sue labbra invece si piegarono in un sorriso, come se non riuscisse a trattenerlo.

«Non saprei».

«Ho visto come guardavi il mio garofano verde l'altro giorno».

Alfred si irrigidì. La sua sorpresa era stata così evidente?

Sospirò. «Sì, mi sembrava fiore... particolare».

«Nessuno della mia famiglia sa cosa significa», il viso di Cesare si avvicinò. «Ma tu lo sai, vero?»

Il suo fiato aveva un lieve odore di menta e goccioline di sudore appena visibili gli imperlavano il labbro superiore, con i peli dei baffi che stavano iniziando a ricrescere.

Alfred rimase immobile. Avrebbe tanto voluto avvicinarsi, rispondere che anche a lui piacevano i garofani verdi e che sapeva esattamente cosa significassero, ma il panico lo immobilizzava. Quand'era stata l'ultima volta che era stato così terrorizzato?

Cesare si avvicinò ancora di più, ormai era a distanza di bacio. Gli afferrò una mano e la strinse.

Quel gesto inaspettato lo fece sobbalzare: la sua vicinanza aveva invaso ogni limite del suo spazio personale. Si alzò e si liberò dalla presa con molta facilità, come se si trattasse di quella di un bambino.

«No, io non...»

«Che ti prende? Pensavo...»

«Non sono chi pensi!» La voce suonò stridula perfino alle sue orecchie. «Non sono come te».

Si pentì di quelle parole mentre le stava ancora pronunciando. Sul viso di Cesare ricomparve l'ombra di un sorriso.

«Colpa mia, credo di aver frainteso alcuni segnali».

Alfred dovette fare respiri profondi per non tremare. Meno male che Cesare non aveva fatto una scenata di fronte al suo rifiuto sgarbato. Poteva andare peggio. Cesare raggiunse D'Artagnan e sciolse il nodo all'albero.

«Torniamo, dai», lo aiutò a salire e montò davanti alla sella. «Reggiti forte, stavolta galoppiamo come si deve».

Alfred tornò ad appoggiarsi alle spalle di Cesare e a tuffarsi nel suo odore di bosco. Si era pentito di avergli risposto in quel modo isterico. Non avrebbe fatto meglio a cedergli e ad abbandonarsi a quel contatto? Ad accettare quel bacio che era rimasto sulle loro labbra? Ormai era tardi. Come faceva a prendere sempre la decisione sbagliata?

# La sera mistica

*Anima stanca, vieni. Benefica è l'ombra. Ne l'ombra*
*è la saggezza. Vieni. Solo ne l'ombra è pace.*
*Vieni. A noi caro è l'uomo pensoso. Qui Claudio si piacque*
*mescere ai grandi nostri pensieri i suoi.*
*(Gabriele D'Annunzio, Elegie Romane)*

*Palazzetto Zuccari, Roma. Venerdì 10 ottobre 1913*

I sampietrini della viuzza erano lucidi, ancora bagnati dal temporale del pomeriggio. Alfred rischiava di scivolare a ogni passo per via delle scarpe dalla suola liscia, le sue preferite, ormai logore. Fu tentato di chiedere il braccio a Flaminia, vicina ai suoi genitori e al fratello, ma non ebbe il coraggio. Anche perché non voleva che Cesare interpretasse quel gesto come un goffo tentativo di salvare le apparenze. Aveva ripensato ogni giorno a quello che era successo durante la gita a cavallo e ogni volta si era maledetto per non essersi lasciato andare, per aver frenato gli istinti con la sua solita razionalità. Ma come avrebbe potuto compromettersi? Come avrebbe potuto convivere con l'ansia di aver rivelato a qualcuno la sua vera natura? Chissà se Cesare era tormentato dai suoi stessi dubbi. Da come gli sorrideva, non sembrava proprio. Anzi, pareva che avesse già dimenticato tutto.

Un volto mostruoso incorniciava l'ingresso della dimora cittadina degli Sperelli: un grosso naso e due occhi strabici sovrastavano l'architrave sul portone in legno. C'era un gran via vai di uomini in smoking e donne in abiti lunghi e scintillanti. Anche le finestre erano decorate con visi dalle fattezze di mostri deformi, sebbene più piccoli. Non aveva mai visto elementi decorativi di quel tipo. Sembravano usciti da una fiaba dei fratelli Grimm.

Il signor Palleschi entrò con sua moglie a braccetto; si tolse il cappello a cilindro e si inchinò con aria deferente verso una coppia di signori anziani con i quali iniziò a parlottare.

Alfred tornò a esaminare l'architettura barocca del palazzo sfuggendo alle occhiate dei tanti invitati. Quante persone dal sangue blu erano state invitate a quel ricevimento? Sembravano avere tutte un'eleganza di portamento e di abbigliamento di cui lui era completamente privo. Meno male che non era l'unico borghese presente, altrimenti non avrebbe retto il confronto.

Flaminia gli si avvicinò; il suono dei tacchi sui sampietrini lo ridestò dai suoi pensieri.

«Che imbarazzo per mio padre. Si spaccia tanto per una persona orgogliosa, fiero delle sue origini umili, e poi fa il lacchè degli aristocratici».

Alfred sorrise. Il signor Palleschi salutò la coppia di anziani e si inchinò di nuovo, così profondamente che sembrava voler toccare il suolo con la punta del naso. La goffaggine del gesto fece tornare il buonumore. Almeno non era l'unico a comportarsi in maniera impacciata.

Una scalinata in marmo bianco collegava l'ingresso della dimora alle stanze superiori; al piano terra, due corridoi si estendevano a partire dai lati, con le porte di accesso chiuse.

Cesare, nel suo smoking blu scuro all'ultima moda, saliva per le scale con eleganza di portamento e sicurezza di sé, come se anche nelle sue vene scorresse sangue aristocratico. Quel giorno, sulla riva dello stagno, gli era stato così vicino, mentre ora gli sembrava sempre più lontano...

Alfred saliva le scale accanto a Flaminia; la luce del lampadario le illuminava l'elegante soprabito color perla. Quella tinta donava una particolare luce al suo viso, anche se i movimenti non avevano la grazia di quelli del fratello. Arrivarono alla porta del salone al primo piano, dove c'era un gruppo di altri invitati in attesa. Nessuno probabilmente si aspettava che per entrare avrebbero dovuto fare la fila.

Giunse il loro turno; un domestico si inchinò e prese i cappotti.

«Prego, vi auguro una magnifica serata».

Splendidi affreschi decoravano i soffitti della sala e le volte a botte dei corridoi che conducevano alle altre stanze. Alfred camminava con il naso all'insù: le scene raffiguravano un misto di soggetti mitologici e religiosi, come a voler esaltare il contrasto tra sacro e profano.

«Molti di questi affreschi sono stati dipinti da Federico Zuccari in persona», il viso sorridente del conte Sperelli gli sbucò davanti all'improvviso, con i baffi bianchi che lasciavano intravedere i denti ingialliti dal tabacco. «Anche le creature sulle porte e sulle finestre sono un'idea sua. Ti piacciono? Sono ispirati al giardino dei mostri di Bomarzo».

«*Ach so!*» Alfred tornò a guardare il soffitto: il collo iniziava a fargli male. «Mai visto qualche cosa di così».

Il conte gli diede una pacca sul braccio.

«Possiedo anche una discreta biblioteca, con molti volumi di storia dell'arte. Se hai voglia, dopo ti porto a fare un giro».

«Magari, sarà bello» Alfred abbassò lo sguardo e si massaggiò il collo con le dita fredde.

«Ottimo, allora ti vengo a cercare dopo. Ora scusami, vado a prendermi cura degli altri ospiti» Sperelli gli fece l'occhiolino e lo lasciò solo al centro della sala.

Che persona particolare, il conte. Nell'ottobrata trascorsa nella sua villa lo aveva giudicato una persona sgradevole, però si stava rivelando un brav'uomo. Ma dov'era Flaminia? Non si era reso conto di averla persa. Si trovava in mezzo a persone sconosciute molto eleganti: dame con abiti dalla gonna voluminosa e cappelli piumati a larga falda, gentiluomini in smoking nero dai risvolti di seta. Lanciò un'occhiata al suo tight beige, lungo fin quasi alle ginocchia. Forse non era proprio all'ultima moda, ma almeno era comodo. Prima o poi avrebbe dovuto visitare una boutique in centro e comprare qualcosa di un po' più adatto.

Intercettò lo sguardo di Cesare, che stava parlando con due ragazzi. Abbassò gli occhi nella speranza di non farsi vedere.

«Ehi, vieni qui!»

Troppo tardi. Alfred fece un gesto di saluto e si diresse a piccoli passi verso il gruppo, guardandosi intorno in cerca di Flaminia. Un cameriere gli porse un vassoio d'argento pieno di calici di vino frizzante. Alfred ne prese uno e lo portò alle labbra: il sapore troppo forte e sgradevole gli comunicò che si trattava di champagne. Non l'aveva mai sopportato, quell'intruglio francese. Preferiva di gran lunga il rinomato Riesling della sua Mainz. Posò il calice su un tavolo e raggiunse Cesare, in compagnia dei due ragazzi; avevano lo stesso naso adunco e occhi molto grandi.

Cesare fece un cenno verso di lui.

«Vi presento Alfred Bösgel, esperto di storia dell'arte e nostro ospite per quest'anno, direttamente dalla Germania. È qui per delle ricerche sul campo».

Alfred aggrottò le sopracciglia. Esperto di storia dell'arte? Ricerche sul campo? Ma che stava dicendo?

«Ah, però» uno dei due gli porse una mano con espressione meravigliata. L'altro sorrideva con aria beffarda.

Alfred si costrinse a sorridere a sua volta, anche se aveva la strana sensazione di essere preso in giro.

«È un grosso piacere conoscervi».

«Loro invece sono i fratelli Aldobrandini», Cesare fece un gesto verso quello a cui aveva stretto la mano. «Clemente», poi fece un gesto verso l'altro. «E Ferdinando. Figli di Giuseppe Aldobrandini, il Principe di Meldola», posò una mano sulla spalla di Clemente.

«Noi due andavamo al conservatorio insieme».

Ferdinando si accarezzò il pizzetto castano.

«Da quale città vieni, se posso chiedere?»

«Da Mainz».

«Mainz? Dove...»

«Magonza, volevo dire». Ogni tanto si dimenticava dell'usanza di storpiare i nomi delle città straniere.

L'espressione di Ferdinando si distese.

«Ah, Magonza, dove Gutenberg inventò la stampa, se non erro».

«*Ja*, in 1453».

Clemente si voltò verso il fratello.

«Me ne hanno parlato bene, una cittadina tranquilla».

«Proprio come Roma» esclamò Cesare.

I due fratelli scoppiarono a ridere.

Qualcuno toccò il gomito di Alfred.

«Ecco dov'eri finito» Flaminia aveva il volto arrossato, gli occhi le scintillavano come le pietre preziose che decoravano il suo abito.

«Ti cercavo anche io, prima» disse lui.

Flaminia bevve un sorso di champagne.

«Davvero?» I suoi occhi sembrarono illuminarsi. «Ero di là con i miei, ma li ho mollati appena ho avuto occasione».

Prese il braccio di Alfred e lo allontanò dal gruppetto: Cesare e i fratelli Aldobrandini avevano già iniziato a parlare di altro.

***

Per la cena si spostarono nel salone attiguo, all'ombra di un lampadario di diamanti e riscaldati dal fuoco del camino di marmo, oltre che dal vino.

Il signor Palleschi diede un morso a un crostino col caviale rimasto sul piatto da portata e guardò il suo vicino di tavola, un signore dai capelli brizzolati.

«Per questo motivo il carico ha subito un ritardo. Ma sono sicuro che potremo chiudere l'affare nel giro di qualche settimana».

«Lui è l'onorevole Ferri», mormorò Flaminia ad Alfred. «Una persona molto sgradevole, non capisco perché mio padre continui a farci affari».

Beh, la sala da pranzo non sembrava abbondare di persone gradevoli. E Palleschi non sembrava il tipo da rifiutare un affare remunerativo. Alfred bevve un sorso di vino rosso molto corposo. Era troppo lontano da Cesare, seduto all'altro capo della tavolata, impegnato in una conversazione con Elena e altre dame. Non vedeva l'ora di alzarsi.

«Però la merce è sempre questa, *neh*?» Ferri fece una smorfia e corrugò la fronte. «Non è che mi spediscono cose che non ho chiesto?»

«Assolutamente no!» Il signor Palleschi sputacchiò pezzetti di crosta: sembrava offeso. Si guardò intorno e si sporse verso Ferri. «È tutto come abbiamo già stabilito».

Ferri alzò le mani.

«Lo dico solo perché mi è già successo, non per sfiducia», poi prese il bicchiere del vino e lo sollevò. «*Bon,* brindiamo allora. Alla salute».

Palleschi fece tintinnare il bicchiere.

«Alla salute».

Alfred buttò giù un altro sorso di vino. Che barba quella cena, non stava accadendo niente di interessante. Abbandonò la forchetta nel piatto ancora mezzo pieno di maccheroni conditi con stracotto di vitella in umido: non ce la faceva più a mangiare.

Flaminia si lasciò cadere sulla sedia e si toccò la pancia.

«Anch'io sono piena».

Ci fu un tintinnio di coltello contro il bicchiere che fece calare il silenzio. Il conte Sperelli si alzò dalla sedia.

«Spero che la cena sia stata di vostro gradimento. È giunta l'ora delle danze».

Prese la mano di Elena, che si alzò a sua volta, e si diresse verso la sala accanto. Anche gli altri invitati abbandonarono la tavola, con un frastuono di sedie spostate, tintinnio di posate e un vociare chiassoso.

Ci mancava solo la danza. Alfred preferiva rimanere a guardare le fiamme del camino che divoravano i ciocchi di legna; non gli era mai piaciuto il ballo. Non era come Werther, il suo eroe romantico preferito, che non si faceva problemi a gettarsi nella mischia e a invitare l'amata Lotte a ballare. E poi l'unica persona con cui avrebbe danzato volentieri era la stessa con la quale non avrebbe mai potuto farlo in pubblico. E che aveva così maldestramente rifiutato.

Flaminia si alzò e si aggiustò la margherita tra i capelli.

«Meno male, avrei proprio bisogno di muovermi un po'. Come te la cavi con il ballo?»

«Non bene».

«Dai, vieni, che ti insegno io».

Che cosa gli toccava fare... Ma se non avesse acconsentito, avrebbe dato troppo nell'occhio, ed era l'ultima cosa che voleva.

Lei lo tirò su per un braccio e lo trascinò nell'altra sala, dove l'orchestrina aveva già iniziato a suonare un valzer di Čajkovskij.

Elena e il padre erano al centro del salone e, mano nella mano, ondeggiavano a tempo con la musica; le gonne della ragazza si gonfiavano con ampi movimenti circolari, come un ombrello aperto dal vento. Altre coppie si aggiunsero ai padroni di casa, mentre la musica cresceva sempre più di ritmo e intensità.

Flaminia prese Alfred per mano e lo condusse insieme agli altri. Si strinse a lui e gli cinse la vita.

«Segui il mio tempo».

Alfred si irrigidì a quel contatto ed ebbe la tentazione di ritrarsi. Che sensazione strana starle così vicino, col suo abito perlato verde, l'odore di lavanda che gli solleticava le narici e i suoi seni abbondanti.

Lei lo guardò con gli occhi castani che riflettevano la luce del lampadario.

«Rilassati, sembri un lampione».

Fece un bel respiro e cercò di lasciarsi andare. Abbandonò la mano in quella morbida e calda di Flaminia e le cinse la vita posando il palmo sul velluto. Si rese conto che aveva i piedi così rigidi da sembrare legati. Provò a muoverli a piccoli passi ma erano goffi, imprecisi e aveva un equilibrio precario: sarebbe potuto inciampare da un momento all'altro.

Provò a fare come lei gli aveva detto. Seguì i suoi movimenti, osservò ogni suo passo e cercò di non calpestarle i piedi.

Flaminia gli sollevò il mento con una mano e scosse la testa. Senza nessun punto di riferimento visivo era ancora più difficile, come camminare nel buio. Provò a muoversi d'istinto, a seguire la compagna di danza con il corpo mentre volteggiavano circondati dalle altre coppie – sembravano tutti ballerini provetti – fino a urtare con la gamba qualcuno dietro di lui.

«Scusi» mormorò Alfred: chissà chi aveva colpito. Flaminia lo condusse un po' più in là; nel voltarsi perse stabilità e pestò un piede.

«*Ahi!*»

«Mi scusi».

Dannazione, stava combinando un disastro. Flaminia rallentò.

«Cerca di andare a tempo con la musica, segui il ritmo del valzer».

Facile a dirsi, ma come si faceva nel concreto? Il nervosismo iniziò a farsi strada. Non vedeva l'ora di andare via da lì, lontano da tutta quella gente, e tornare nella sua stanza a leggere e a disegnare sul suo taccuino: almeno era una cosa che sapeva fare bene.

La musica terminò e le coppie smisero di danzare: i musicisti dovevano avergli letto nel pensiero. Alfred si staccò dalla presa e tirò un sospiro di sollievo.

Flaminia posò le mani sui fianchi, il respiro affannato.

«Non te la sei cavata così male».

Una giovane coppia si avvicinò. L'uomo, vestito con uno smoking nero e un fiore bianco all'occhiello, si inchinò verso Flaminia.

«Posso?»

«Certo», si voltò e salutò Alfred con una mano. «A tra poco».

L'altra ragazza, con la pelle che sembrava di porcellana, gli afferrò la mano: aveva le dita gelide.

Che stava succedendo? Iniziò a sudare e sperò che la sua nuova compagna non se ne accorgesse. Senza dire niente, lei lo portò al centro della sala, dove le altre coppie erano in attesa.

I musicisti ricominciarono a suonare un altro valzer. La ragazza si mosse subito con una grande energia, che contrastava con la sensazione di fragilità che il suo corpo emanava, e lo sballottò da una parte all'altra. Le pestò un piede.

«*Ehi!*» il viso di porcellana si incrinò in una smorfia.

Alfred arrossì.

«Scusi».

La ballerina continuò con ancora più vigore, come se pensasse che bastasse quello per farlo ballare bene: era come ritrovarsi in balia di una tempesta. Alfred non riusciva a spostare i piedi, che ogni tanto si sollevavano da terra, e iniziò a sentire la testa leggera e la pancia sottosopra. Se avesse continuato così, avrebbe vomitato.

La ragazza si fermò all'improvviso, gli fece la linguaccia e si allontanò, camminando tra gli altri ballerini che avrebbero potuto urtarla e farla cadere.

Meglio andare via da lì. Spostandosi a fatica tra braccia e gambe uscì dalla zona di pericolo. Si mise a cercare Flaminia e notò che Cesare stava ballando con Elena. Si muovevano in sincronia, entrambi con i volti rosei e dai lineamenti sottili, come se l'uno fosse la figura riflessa dell'altra. Incredibile come in certi frangenti condividessero una spiccata somiglianza.

Una fitta di gelosia gli punzecchiò il fianco. In ogni caso, aveva fatto bene a non cedere alla sua lusinga; sarebbe stato troppo rischioso. Non poteva permettersi il lusso di correre simili pericoli. Chissà però che si doveva provare ballando tra le sue braccia, sentendo il suo fiato profumato di menta e il suo odore di pino silvestre.

Individuò una sedia libera e si abbandonò sul cuscino di velluto rosso; la testa aveva smesso di girargli, ma i piedi avevano iniziato a fargli male. Le coppie continuavano a danzare: sembravano parte di un quadro in movimento. Se avesse avuto una tela, colori a olio e un pennello si sarebbe messo volentieri a dipingere.

«Ti stai divertendo?»

Alfred sobbalzò: non si era accorto che il signor Palleschi era seduto qualche sedia più in là, con la pipa spenta in mano.

«Io mi sono fermato al primo giro. A differenza di mia moglie, non ho più il fisico di una volta».

Alfred la cercò con lo sguardo: stava danzando con il conte Sperelli.

Palleschi gli fece cenno di avvicinarsi. Alfred si alzò e gli si sedette accanto.

«Gran bella donna, mia moglie. Non trovi?»

«Beh, sì» non poteva certo contraddirlo, però dargli ragione lo metteva a disagio.

Palleschi guardò la moglie e sospirò.

«Una donna eccezionale. Ottima padrona di casa, dedita alla famiglia e rispettosa delle tradizioni. Merce rara, di questi tempi».

Alfred rimase in silenzio. Dove voleva andare a parare con un simile discorso?

«Mia figlia, invece, è una persona molto diversa dalla madre, eppure hanno delle cose in comune» si rigirò la pipa tra le mani, come se stesse riflettendo su qualcosa.

Alfred contrasse la mascella. Stava cominciando a comprendere.

«Sono entrambe donne forti, di carattere. Hanno ideali ben precisi, in cui credono e per cui lottano, anche se di tipologie diverse.

E riescono a distinguersi dalle altre donne in ogni occasione. Guardale», indicò con la pipa in mezzo alla folla. «Ci sono tante persone, eppure non si fa fatica a individuarle. Donne così sono preziose, non bisogna lasciarsele sfuggire».

Alfred deglutì a vuoto. Se prima aveva avuto solo una vaga sensazione, ora ne aveva la certezza: Palleschi stava pianificando un'unione tra lui e Flaminia. Cosa avrebbe detto se avesse saputo di voler affidare la figlia a qualcuno che con le donne ci faceva ben poco? Chissà se lei era a conoscenza di quel piano.

La musica si interruppe e i ballerini si fermarono; la stanza si riempì di un brusio di sottofondo. Il signor Palleschi applaudì insieme agli altri spettatori e ai ballerini stessi. Fece un cenno di saluto, si alzò e si diresse verso la moglie.

Flaminia raggiunse Alfred in poco tempo, col viso tutto rosso.

«Di che stavi parlando con mio padre?»

Lui si contorse le mani. Doveva inventarsi qualcosa al volo, se non voleva tradirsi.

«*Na ja*... raccontava di suo affare con politico piemontese prima».

«Ah, capisco, fa sempre così».

Forse lei non sapeva niente di quelle macchinazioni. O forse non c'era nessun piano e si era immaginato tutto.

Ci fu un tintinnare di vetri. Il conte Sperelli stava picchiettando un coltello su una coppa di champagne. Quante altre volte ancora lo avrebbe fatto nel corso della serata?

«Amici, posso avere per un momento la vostra attenzione?»

Il brusio si spense man mano fino a esaurirsi del tutto.

Il conte posò il bicchiere sul tavolo e fece un cenno alla figlia, che lo raggiunse: aveva un viso raggiante.

«Vi ringrazio ancora una volta per essere riuniti qui a festeggiare il compleanno del mio piccolo angelo. La mia Elena, che prende il nome della donna più bella mai esistita», accarezzò il viso della figlia. «Tuttavia questo non è un compleanno come gli altri, e non solo perché la mia piccola ha compiuto diciotto anni».

Nella folla ci fu un lieve brusio. Elena, sempre più sorridente, afferrò il braccio del padre, che si schiarì un po' la voce.

«C'è anche un altro motivo che rende questo compleanno unico», Sperelli fece cenno a qualcuno nella folla di avvicinarsi. Alfred seguì lo sguardo del conte fino a incontrare Cesare, che si stava facendo largo tra gli ospiti. Non capiva.

Cesare arrivò vicino al conte. Elena aveva gli occhi scintillanti.

«Ormai sono passati molti anni da quando il destino ha voluto farmi un grande regalo: mettere sul mio cammino un giovane straordinario, di grandissimo talento e molto ambizioso», Sperelli posò una mano sulla spalla di Cesare con gesto paterno. «Quel giovane si chiama Cesare Palleschi. E non sono potuto rimanere indifferente di fronte a questo regalo».

Fece un cenno verso il signor Palleschi, che sorrideva con il petto all'infuori, orgoglioso, e verso la moglie, che si stava asciugando gli occhi con un fazzoletto.

«Per cui, signore e signori, sono lieto di annunciare il fidanzamento tra questi due giovani straordinari. Il destino li ha uniti e il destino li farà vivere felici».

Uno scroscio di applausi si indirizzò al conte Sperelli e alla nuova coppia. Alfred avrebbe voluto sparire. Loro due fidanzati? Non poteva essere vero. Non si sarebbe mai aspettato un fidanzamento così all'improvviso. Non dopo quello che era successo in riva allo stagno.

Il conte si staccò dall'abbraccio e prese il viso di Elena tra le mani.

«Tua madre, pace all'anima sua, sarebbe orgogliosa di te».

Elena si portò le dita al décolleté, dove uno smeraldo rifletteva la luce del lampadario, e afferrò la mano di Cesare; i Palleschi si fecero largo tra gli altri invitati e raggiunsero il conte.

Alfred si voltò verso Flaminia, che batteva le mani facendo tintinnare i braccialetti: aveva gli occhi un po' lucidi.

«Lo sapevi, tu?»
Lei continuava ad applaudire.
«No, ma me lo sentivo».
Lo stomaco gli andò tutto in subbuglio. Doveva essere felice per loro, erano proprio una bella coppia, eppure... Ripensò al corpo di Cesare stretto tra le sue braccia quando erano andati a cavallo, al suo odore di pino silvestre e ai suoi occhi verdi come le acque dello stagno. Una voragine gli si allargò dentro: provava odio nei confronti del sorriso di Elena, della sua espressione di gioia mentre guardava Cesare. Odio verso sé stesso per essersi lasciato sfuggire un'occasione che non gli si sarebbe più ripresentata. Forse, se in quella radura si fosse lasciato andare, in quel momento non si sarebbero trovati tutti lì a festeggiare quello stupido fidanzamento. Forse le cose sarebbero andate in maniera diversa.

Strinse i pugni nascosti dentro le tasche del tight. Era lui stesso l'unico responsabile della sua infelicità; decise che avrebbe trovato il modo di rimediare al suo errore.

# O falce di luna calante

*Oppresso d'amor, di piacere*
*il popol de' vivi s'addorme…*
*O falce calante, qual messe di sogni*
*ondeggia a 'l tuo mite chiarore qua giù!*
*(Gabriele D'Annunzio, Canto Novo)*

*Casa Palleschi, Roma. Lunedì 13 ottobre 1913*

Un incubo fece svegliare Alfred di soprassalto. Si mise a sedere sul letto in preda ai brividi, col cuore che gli martellava in petto, in un bagno di sudore. Che razza di sogno aveva fatto per essere così terrorizzato? Non riusciva a ricordarlo. Gli sembrava solo che avesse a che fare con Cesare e con l'episodio avvenuto in riva allo stagno.

Si massaggiò il viso per cercare di cacciare via il sonno. Non doveva lasciarsi ossessionare da Cesare, anche se non riusciva a smettere di pensarci. Avrebbe voluto con tutto sé stesso rimediare all'errore che aveva commesso respingendolo e negando il suo *uranismo*, ma non sapeva come.

Controllò l'orologio poggiato sul comodino. *Scheiße!* Erano le sette e un quarto, doveva sbrigarsi se non voleva fare tardi all'università. Si alzò e spalancò la finestra: una ventata d'aria fredda lo investì e rabbrividì sotto la sua camicia da notte appiccicata alla pelle. Aprì le imposte, poi richiuse i vetri: non voleva disperdere quel poco di calore che c'era nella stanza.

Immerse un dito nel catino dell'acqua e trasalì. Era una mattinata oltremodo gelida, forse si era ammalato. Si bagnò il viso lo stretto necessario per applicare il sapone da barba e radersi, col pensiero ancora rivolto a Cesare e alle sue dita che lo sfioravano. Aveva sperato che con il passare dei giorni quelle sensazioni svanissero, ma il tempo non aveva fatto altro che incrementarle. E in fondo si meritava quella sofferenza.

Si pulì dai resti di schiuma con il panno di cotone e prese dalla sedia i vestiti del giorno prima. Non aveva né tempo né voglia di scegliere abiti puliti dall'armadio. Tanto nessuno ci avrebbe fatto caso e neanche gli importava. Si infilò la camicia ocra, spiegazzata e umida di sudore, e i pantaloni di velluto marrone. Sperò che il suo aspetto dimesso tenesse Flaminia alla larga.

***

Il tram entrò in piazza Venezia. Dal finestrino, Alfred ammirò la maestosità del Vittoriano, la cui bellezza era adombrata dall'apertura di un nuovo cantiere. Le assi di legno delle impalcature ingabbiavano la parte bassa del monumento, all'altezza dell'Altare della Patria, e nascondevano parzialmente le imponenti colonne come una squallida imbragatura: alcune delle sopraffine decorazioni perimetrali, eseguite dall'architetto Giuseppe Sacconi e dai suoi collaboratori, erano nascoste.

Alfred sospirò. Il tram attraversò la piazza e si inoltrò verso Corso Vittorio. Erano giorni che passava davanti a quel cantiere, che probabilmente serviva a riassestare le fondamenta. Meno male che era riuscito ad ammirare il Vittoriano nel suo splendore prima che i lavori incominciassero.

Un solletico sulla guancia lo fece sussultare. Si voltò verso Flaminia, che ridacchiò e si coprì la bocca con la mano guantata di bianco.

«Scusami, non volevo spaventarti. È solo che...» Sfilò il guanto e allungò di nuovo la mano sulla sua guancia. «Ho visto due peletti sfuggiti alla strage mattutina».

Al contatto del dito sulla pelle, Alfred si scostò. Una sensazione di fastidio lo colse.

«Stamattina avevo fretta».

Lei abbassò la mano.

«Non voleva essere una critica. Anzi, lo trovo un dettaglio carino» si infilò di nuovo il guanto, in volto un'espressione delusa.

Alfred sfiorò i peli non tagliati. Forse aveva risposto in maniera troppo brusca? Fu tentato di chiederle perdono, ma poi si bloccò. Non poteva scusarsi per ogni cosa che diceva. Se Flaminia si offendeva così facilmente, poteva pure rinunciare alla sua compagnia. Cosa che, tutto sommato, non gli sarebbe dispiaciuta tanto.

***

Il professor Ceci chiuse i libri sulla cattedra e si tolse gli occhiali dal naso adunco.

«E per quanto riguarda le colonie spagnole e portoghesi nelle Americhe, questo è tutto. Alla settimana prossima».

Gli studenti si alzarono dai banchi e l'aula si riempì di un brusio di sottofondo. Alfred si rilassò sullo schienale della sedia e si tolse alcune crosticine dagli occhi. Meno male che era l'ultima lezione della giornata, le palpebre gli si stavano chiudendo dal sonno. La sensazione dell'incubo di quella notte continuava a tormentarlo, anche se non riusciva ancora a ricordarselo. Forse c'era di mezzo anche il cavallo. Lo sapeva che la sua fobia per quelle bestie sarebbe tornata a perseguitarlo.

Leonardo, seduto accanto a due suoi amici, raccolse i fogli spiegazzati dal banco, pieni di scritte dalla grafia irregolare.

«Lezione interessante, mi ha fatto riflettere molto».

Quello seduto accanto a lui, dai capelli già radi, sbadigliò.

«Mah, a me l'imperialismo viene solo a noia».

«Marco, si vede che non capisci proprio niente» sghignazzò Leonardo.

Alfred si stiracchiò. «Sopra che cosa hai riflettuto?»

«Mi ha fatto ripensare alla campagna di Libia», Leonardo si alzò e ravviò i capelli. «Finalmente anche il nostro regno sta diventando una potenza coloniale, seppur con secoli di ritardo».

Finalmente? Sembrava che la guerra in cui l'Italia era stata impegnata, e che ancora proseguiva con focolai e rappresaglie, lo riempisse di soddisfazione.

«Non so, io sono scettico sopra questo».

«Che vuoi dire?» Leonardo, preceduto dai suoi amici, uscì dalla fila di banchi e si diresse verso il corridoio, pieno di altri studenti.

«Intendo...» Alfred afferrò la maniglia della borsa e lo seguì. «Germania anche è impero coloniale, però questo non ha dato molto a nostra patria».

«Penso che ci vorrà del tempo», Leonardo schivò con il fianco un ragazzo che camminava in direzione opposta. «Ma sono sicuro che tra qualche decennio ringrazieremo il Re per questa guerra, quando solo in Libia ci saranno opportunità lavorative».

«In Italia non so, ma in Germania sono tante opportunità lavorative».

«Guarda», intervenne Marco, «che il nostro amico tedesco non sbaglia. Vedremo se la Libia sarà effettivamente questa terra promessa che tutti dicono, o se si rivelerà solo uno scatolone di sabbia».

L'altro ragazzo, con un ciuffo di capelli unti che gli ricadeva sugli occhi, mollò un pugno sulla spalla di Marco.

«Certo, che senza ripetere le parole di pennivendoli come Salvemini non ci sai proprio stare, eh?»

Marco si massaggiò il punto colpito.

«Ma sì, facciamo tutti come dicono Carlo e gli anarchici. Voi sì che risolleverete le sorti dell'Italia».

Scatolone di sabbia? Alfred non capiva di cosa stessero parlando.

«Marco, prima cosa intendevi?»

«Ma niente, era un modo per dire che la Libia è una terra del tutto inutile e sterile», Marco scosse la testa. «Buona solo per andare a prendere il sole. Al massimo si può sperare di finire a raccogliere datteri per i contadini berberi».

Camminarono fino a uscire in cortile. Nel cielo le nubi oscuravano il sole e rendevano l'aria immobile.

Leonardo ridacchiò e fece un gesto con la mano.

«Ho capito, dai, basta parlare di politica. Piuttosto...» Si fermò e gli premette l'indice sul petto. «Tu che fai questo fine settimana?»

Alfred si ritrasse e inspirò a fondo per non far notare il fastidio di quel contatto. Fine settimana? Ma se era appena lunedì.

«Ancora non so».

«Vieni a ubriacarti con noi», propose Carlo. Con una mano si scostò il ciuffo dagli occhi. «Di solito beviamo fino a dimenticare tutto. Tranne quel noioso di Marco, che beve solo gazzosa al limone».

Marco sbuffò.

«Scusa se non voglio intossicarmi con un veleno».

«Sì, vieni», Leonardo scoppiò a ridere. «Così vedi come siamo molesti con il nostro povero socialista».

«Certo, perché già non sono il vostro zimbello, eh?»

Ad Alfred venne da ridere, ma un po' gli dispiacque per Marco. Anche se sembrava scherzarci su, doveva essere pesante subire prese in giro continue. Chissà cosa avrebbe fatto al posto suo, non voleva neanche pensarci.

Leonardo lo afferrò per la spalla.

«Allora per sabato è deciso?»

Gli venne all'improvviso un'idea geniale.

«E se lo dico anche a Flaminia?» Coinvolgerla poteva essere un modo per spostare le sue attenzioni su qualcun altro.

«Flaminia? In una serata a bere?» Leonardo si grattò il grosso naso. «Non sembra un'occasione adatta a una ragazza. Però sai che l'idea mi stuzzica?»

C'era una strana luce nei suoi occhi. Alfred esultò dentro di sé, doveva aver centrato il bersaglio.

«Volendo potremmo andare all'ippodromo», propose Marco. «Sabato sera a bere e il giorno dopo alle corse dei cavalli».

«Mi piace», Leonardo diede un buffetto sulla guancia di Marco, che si ritrasse con aria schifata. «Bella idea che hai avuto, caro socialista», si voltò verso Alfred. «E anche tu. Poi ci aggiorniamo per i dettagli».

Era stato un azzardo o una mossa geniale? Del resto, anche lei aveva trovato Leonardo simpatico e, anche se non sembrava chissà quale buon partito, confidava che con la sua parlantina e le sue idee nazionaliste potesse incantare lei e il padre.

Carlo sospirò e scosse la testa. Il ciuffo tornò a ricadergli sull'occhio.

«Lo sapevo che prima o poi sarebbe andato tutto a puttane. Le donne portano solo guai».

Alfred attraversò insieme a loro il portone dell'università e uscì in strada, dove c'era un gran trambusto. Ragazzi e ragazze si stavano accalcando nelle stradine che circondavano lo *Studium Urbis*. Cosa stava succedendo? Non c'era mai stata una calca simile nei pressi dell'università.

Carlo tirò la manica della giacca di un ragazzo che stava urlando.

«Ehi, cosa state combinando?»

«E lasciami», il ragazzo si svincolò e si mise le mani intorno alla bocca. «Giù le mani dalla scuola, ladri!»

Sembrava una protesta studentesca. Alfred rimase piantato sul marciapiede, incerto sul da farsi.

Carlo ghignò; una strana luce gli brillava negli occhi.

«Io vado con loro. Voi altri cacasotto che fate?»

«*Viva la psicologia!*» Le urla stavano aumentando di volume. «*Viva la Montessori!*»

Leonardo fece cenno ad Alfred di unirsi a Carlo.

Lui scosse la testa.

«Andate, aspetto qui».

L'amico scoppiò a ridere.

«Eh no, troppo facile così», lo tirò per un braccio verso la folla. Fece un cenno anche a Marco. «E non provare a restare lì anche tu».

Marco sbuffò.

«Ma non sapete neanche per cosa stanno protestando».

«E da quando per protestare bisogna sapere per cosa lo si fa?»

Alfred inciampò sul piede di un altro ragazzo e non cadde solo perché Leonardo lo stava ancora tenendo per il braccio. Lo sapeva che sarebbe andata a finire così. Il calore della folla già lo stava facendo sudare e cominciava a mancargli l'aria. Il corteo si stava muovendo lungo la viuzza che costeggiava lo *Studium Urbis*, in direzione di piazza Sant'Eustachio. Un momento, ma da quelle parti doveva esserci la scuola dove insegnava Flaminia. Una fitta d'ansia gli strinse lo stomaco nel timore che ci fosse anche lei in mezzo a tutta quella gente. Sperò che fosse già andata a casa.

Leonardo e Carlo si erano allontanati e lo precedevano in quella ressa. Alfred scambiò un'occhiata con Marco, che si strinse nelle spalle. Tanto valeva proseguire, sembrava volesse dire. Tornare indietro sarebbe stato effettivamente ancora più complicato. Forse, se avessero raggiunto la piazza, avrebbero trovato uno spiraglio per dileguarsi.

Nel coro di voci si distinsero delle urla femminili. Leonardo indicò qualcosa a Carlo e scartò di lato scomparendo nella calca.

Alfred fece un cenno a Marco.

«Raggiungiamoli».

Il vociare della folla ingoiò le sue parole, tuttavia Marco annuì. Alfred si fece strada tra i corpi che lo circondavano. A fatica provava a raggiungere Leonardo e Carlo, nella speranza di trovare un modo per defilarsi. L'aria era irrespirabile e l'arsura gli raschiava la gola. Ma perché in quella via non c'era neanche una misera fontanella?

Davanti gli si aprì uno spiraglio. Ecco Leonardo! Riconobbe i capelli e la giacca dell'amico, piegato su qualcuno seduto sui sampietrini; qualcuno che indossava una lunga gonna color prugna.

Carlo stava discutendo con altri ragazzi più piccoli, dai pantaloni corti e i capelli spettinati. Forse qualcuno si era sentito male. Alfred si avvicinò a Leonardo e il viso pallido di Flaminia sbucò da dietro di lui.

I suoi occhi si ravvivarono nel vederlo.

«Ehi, ci sei anche tu».

Leonardo si voltò con un ampio sorriso: sembrava un bambino il giorno di Natale.

«Guarda un po' chi ho trovato».

Flaminia sedeva a terra in una posizione scomposta, come se fosse caduta ma non avesse la forza di rialzarsi. Leonardo le prese le mani e l'aiutò a tirarsi su.

Alfred le si avvicinò e le posò una mano sul braccio.

«Stai bene? Ma cosa è successo?»

Lei sbuffò. «Ma niente, solo una stupida ragazzina. Poi ti racconto», si voltò verso Leonardo. «Che dite, ci togliamo di qui prima che cada un'altra volta?»

Alfred non desiderava altro, e insieme a Marco approfittò dello spiraglio che si era creato per andare via di lì. Davanti a loro c'erano Leonardo e Flaminia, che camminava a piccoli passi reggendosi al braccio dell'accompagnatore. Alfred non riuscì a trattenere un moto di soddisfazione: il suo piano aveva finito per realizzarsi da solo, ora la strada sarebbe stata solo in discesa.

Dopotutto, non erano male come coppia. A differenza sua, non avevano perso la testa per qualcuno che non avrebbero mai potuto avere. Per qualcuno che aveva già scelto con chi trascorrere il resto della sua vita.

# Il voto

*Ave, Maria. Voi fate, o Madre misericorde,*
*ch'ella non m'ami! Fate ch'ella non m'ami, o ch'ella*
*muoia! Togliete il truce amore a l'anima sua,*
*misericorde Madre, e a me il supplizio!*
*(Gabriele D'Annunzio, Elegie Romane)*

*Ippodromo Capannelle, Roma. Sabato 18 ottobre 1913*

La ghiaia scricchiolava sotto i tacchi di Alfred, che camminava accanto a Flaminia e Leonardo lungo il viale sterrato dell'ippodromo. Era una giornata uggiosa; le nubi coprivano il cielo come il coperchio di una pentola. Davanti all'ingresso si stavano ammassando mendicanti e uomini sudati vestiti di stracci: urlavano, ridevano e si lanciavano pezzi di carta addosso. Alfred si allentò il nodo del papillon, che sembrava soffocarlo in quell'aria ferma. *Mein Gott*… Ma in che razza di posto era finito?

Leonardo parlava a Flaminia e gesticolava.

«Perché devi sapere che io…»

Il caos della folla risucchiò le sue ultime parole, ma lei ridacchiò; doveva aver sentito qualcosa di divertente. Si sistemò sul cappello il fiore di begonia che aveva raccolto nei campi che circondavano l'ippodromo; sembrava a suo agio in compagnia del suo collega di università e la cosa consolò Alfred. Temeva che averla invitata all'ippodromo fosse stata una mossa troppo azzardata.

Si fece largo tra la calca ed entrò nella sala principale infilandosi in un varco libero. Finalmente riuscì un po' a respirare. Marco e Carlo, che parlottavano tra loro, lo raggiunsero.

Anche lì dentro c'erano persone di ogni tipo: gentiluomini e gentildonne vestiti in tight e abiti di broccato che si guardavano intorno con la stessa faccia di chi ha appena pestato sterco di cavallo; signori dentro una vecchia marsina che sembrava stessero in ufficio; popolani e vagabondi, scalzi e vestiti con stracci polverosi, che sembravano al mercato.

Qualcuno gli afferrò il braccio.

«Ehi, tu!»

Alfred si ritrasse d'istinto. Davanti a lui c'era un uomo calvo e dalla barba incolta: i peli grigi erano incrostati con una sorta di sostanza appiccicosa.

«Ce lo vuoi mette' 'no scudo su Sangiorgio?»

Il puzzo di vino rancido del suo fiato gli fece venire la nausea. Scosse la testa.

«Ma è bbono come cavallo, oh. Pura razza inglese, mica bbruscolini».

Leonardo si avvicinò e lo spintonò.

«Guarda che sono tutti purosangue inglesi, i cavalli in gara. E ora levati di torno prima che ti prenda a calci».

Ma che faceva, era impazzito? Alfred si paralizzò e le mani iniziarono a tremare.

L'uomo assunse un'aria torva, rosso in viso: le vene sulla fronte gli si ingrossarono. Ecco fatto, ci mancava solo una rissa. Poi si voltò, sputò per terra un grumo giallastro e mormorò qualcosa di incomprensibile. Meno male, si stava allontanando.

Leonardo mollò ad Alfred una pacca sulla spalla.

«Vedi, qui bisogna fare così. Ci si può far rispettare dal popolo solo con le maniere forti».

C'era mancato davvero poco.

«Grazie per tuo aiuto».

Si voltò verso Flaminia, che era qualche passo dietro di loro: era bianca in volto. Doveva aver temuto anche lei lo scoppio di una rissa.

Andarono fino al banco delle scommesse, formato da assi di legno tenute insieme da chiodi arrugginiti, dove c'era un'altra ressa di persone. Gli fecero venire in mente un'illustrazione di Gustav Doré dell'*Inferno* di Dante, quella in cui i dannati nel girone dei ladri, tutti ammassati tra loro, si contorcevano mentre venivano assaliti dai serpenti.

Nella sala i serpenti erano invisibili, ma si potevano percepire. Le mani iniziarono a sudargli: non gli piacevano gli spazi troppo affollati. Gli sembrò di essere all'*Oktoberfest* di Monaco dove era andato insieme a Wilhelm e ad altri suoi amici, con quella terribile confusione e persone che parlavano un dialetto che non capiva; anche la puzza – un misto di alcool e sudore – glielo ricordava. Wilhelm... Chissà se quest'anno sarebbe andato senza di lui a Monaco. Un senso di *Heimweh*, di nostalgia di casa, gli fece desiderare di andare via da lì.

Marco e Carlo si stavano dirigendo verso le tribune. Leonardo indicò il banco.

«Torno subito. Tu intanto vai, così magari mi prendi il posto».

Alfred si incamminò con Flaminia: c'erano ancora poche persone sedute sui gradini di pietra; le transenne a bordo pista, invece, erano già affollate.

Lei si tirò su la gonna e prese posto sulla tribuna. Sistemò sulla testa il cappellino con la begonia.

«Come mai quei due amici tuoi se ne stanno così in disparte?»

«Non so. Hanno qualcosa da parlare, forse».

Annuì, ma sembrava poco convinta. Marco e Carlo, qualche posto più in là, continuavano a confabulare tra di loro. A Flaminia aveva detto così quasi senza pensarci, però in effetti sembravano davvero avere qualcosa da dirsi. I due si voltarono verso di lui, ma poi distolsero subito lo sguardo. Alfred arrossì. Che stessero sparlando alle sue spalle? Ora voleva proprio sapere cosa si stavano dicendo.

Leonardo ritornò con alcuni pezzi di carta in mano.

«Ho scommesso su King Henry. Sento che oggi è il mio giorno fortunato».

Prese posto all'esterno della loro fila, accanto a Flaminia che osservò le ricevute delle scommesse con aria accigliata. Alfred si torse le mani. Durante la visita alla tenuta degli Sperelli lei aveva manifestato avversione verso le scommesse sui cavalli. Forse avrebbe dovuto impedire all'amico di giocare.

La tribuna si stava riempiendo sempre di più e il bordo pista in basso traboccava di persone. La gara stava per iniziare.

I cavalli erano posizionati in fila alla partenza: scalpitavano, dovevano avere una gran voglia di mettere in moto i loro muscoli. Alfred ricordava la potenza di quelle bestie sotto di sé, mentre era aggrappato alla vita di Cesare, inebriato dal suo profumo di bosco… Si scrocchiò le nocche con tale forza da provocarsi fitte di dolore. Basta! Doveva smettere di pensarci. Ma più se lo diceva, più non riusciva a toglierselo dalla testa.

Uno sparo risuonò nell'aria. I cavalli schizzarono in avanti con gli zoccoli che percuotevano la pista.

Leonardo muoveva le gambe in un tic nervoso.

«Dai, King, credo in te».

Flaminia accavallò le gambe e intrecciò le dita guantate sulle ginocchia.

«Giochi spesso alle corse dei cavalli?»

«Solo quando sono sicuro di vincere».

I cavalli erano arrivati a metà giro: Sangiorgio e King Henry si contendevano la prima posizione.

«Sai, non apprezzo molto questo tipo di gioco, a dire il vero», si stirò le pieghe della gonna. «Non credo sia molto rispettoso verso questi poveri animali».

«Oh, ma tanto loro si divertono. Sono nati per questo».

«Ah sì? Non ne ero a conoscenza».

I cavalli stavano per raggiungere il traguardo, King Henry era in prima posizione. Leonardo abbassò lo sguardo sui fogli delle scommesse.

«Manca poco, manca poco».

Flaminia scosse la testa. Sangiorgio accelerò, superò King Henry sull'ultimo tratto di rettilineo e tagliò il traguardo.

«Maledizione!» Leonardo accartocciò i fogli delle scommesse e li buttò a terra. «Per poco».

Si mise le mani tra i capelli e sospirò.

Alfred schiarì la voce. Doveva intervenire per non far cadere la conversazione tra loro due.

«Quindi altro giorno per cosa era protesta?»

«Protesta? Ah, sì, aveva a che fare con i nuovi metodi di insegnamento, disapprovati dalla maggior parte delle istituzioni», Flaminia sbuffò e si strinse nelle spalle. «Ma non mi va di parlarne ora».

«Come quello che dicevi altra volta», Alfred schioccò le dita. Com'è che si chiamava quella studiosa così brillante?

«Il metodo della dottoressa Montessori», sorrise. «Te ne sei ricordato».

Quello poteva essere un buon momento per far tornare Leonardo nella conversazione, invece di lasciarlo a sbuffare e scuotere la testa per la corsa perduta.

«E tu, conosci Maria Montessori?»

Lui diede un calcio ai foglietti accartocciati per terra.

«È una tua amica?»

Le narici di Flaminia si dilatarono; serrò le labbra, diventate pallide.

«Certo, una nostra grandissima amica».

Alfred trattenne un'imprecazione. Maledizione, ma perché

stava facendo così? Forse lui e Flaminia non erano poi così compatibili come aveva pensato. Doveva inventarsi qualcosa, altrimenti il suo piano sarebbe fallito.

***

*Casa Palleschi, Roma. Domenica 26 ottobre 1913*

Con la schiena rivolta alla ringhiera del terrazzo, Flaminia si riparava dal sole con un ombrellino di carta in stile giapponese, su cui erano raffigurati dei fiori di ciliegio; sorseggiava una spremuta d'arancia con alcuni cubetti di ghiaccio.

Alfred prese uno dei maritozzi sul vassoio del tavolino e lo addentò; la panna fuoriuscì e gli sporcò il labbro superiore. Prese il tovagliolo, si pulì la bocca e se lo passò sulla fronte per asciugarsi il sudore. Faceva così caldo che sembrava agosto, invece che fine ottobre.

Flaminia vuotò il bicchiere, facendo tintinnare i cubetti, e lo posò sul tavolino accanto alla copia del *Werther*. Alfred pensò che si sarebbe alzata, che era lì seduta con lui solo per finire la colazione, ma lei rimase al suo posto. Dal giorno dell'ippodromo, si era chiusa in sé stessa e non parlavano, ad eccezione delle solite frasi di circostanza. Chissà se aveva a che fare con Leonardo. La giornata insieme non era andata nel migliore dei modi, ne aveva parlato anche con lui all'università, ma doveva averne la certezza.

«Comunque è un'ingiustizia» provò a dire.

«Di che parli?»

Alfred inghiottì l'ultimo boccone del maritozzo.

«Di elezioni. Anche in Germania è stessa cosa».

«Ah, già», sospirò Flaminia. «I giornali lo chiamano suffragio universale, eppure io oggi me ne sto a casa», alzò gli occhi al cielo. «Una vera rivoluzione».

«Spero solo che situazione poi diventa meglio».

«Dici? Io non ne sono troppo convinta».

«Per esempio, in Granducato di Finlandia le donne hanno già molti diritti. Se ne era parlato molto sulla *Frankfurter Zeitung*». Insieme alla crisi di Agadir e allo scandalo Eulenburg alla corte del Kaiser, era stato uno degli argomenti di discussione preferiti da Wilhelm e i suoi amici.

«Sì, ma qui non siamo in Finlandia. Qui c'è il Papa, che fino a ieri ripudiava la politica e ora manda i cattolici a votare. Per non parlare...»

La signora Palleschi uscì sul balcone con in mano un piccolo annaffiatoio di rame. Flaminia si mordicchiò il labbro inferiore, prese il bicchiere e si rese conto che era vuoto. Alfred non la biasimò per non voler parlare di quegli argomenti davanti alla madre, che incominciò a innaffiare i vasi di ciclamini, ortensie e dalie, tagliò alcuni rametti secchi dalla pianta di erica e tornò dentro.

Flaminia chiuse l'ombrellino e lo posò accanto alla sedia di vimini.

«In ogni caso è un'ingiustizia. Dovremmo opporci tutti quanti».

«Sono d'accordo. Mio padre dice spesso, società ancora non pronta per questo, ma così non lo sarà mai».

Un sorriso sbocciò sulla bocca di Flaminia.

«Hai proprio ragione».

Quelle parole lo lusingarono. Forse era arrivato il momento di parlare di Leonardo.

«Senti», schiarì la voce. «Leonardo mi ha parlato di te e mi ha detto...»

«Lascia stare, so già cosa mi vuoi dire», Flaminia arrossì, e non solo per il sole che le illuminava il viso. «Quel tuo amico è simpatico e carismatico, ma forse... forse siamo troppo diversi».

«Diversi non è per forza male, no?»

«No, certo, ma ci deve pur essere compatibilità. E con lui forse non c'è».

Le parole che aveva preparato si sciolsero come il ghiaccio nel bicchiere. Non credeva che avrebbe rinunciato così presto.

«Mi dispiace».

Lei sorrise, diventando ancora più rossa.

«E di cosa? Mica ci puoi fare niente».

Alfred si grattò via una pellicina morta dal pollice. Già, forse non poteva farci davvero niente, anche se aveva avuto l'arroganza di pensare il contrario. Bell'atto di presunzione, in effetti, credere di poter intrecciare tra loro i sentimenti delle persone come fossero lacci di scarpe. Non era semplice come si era immaginato.

Flaminia prese l'ombrellino e si alzò dalla sedia.

«Vado a vedere se mia madre ha bisogno di aiuto».

Alfred rimase seduto. Prese la sua copia del *Werther* posata sul tavolino e lesse qualche riga a caso. Avrebbe dovuto approfittare di quella domenica per iniziare a studiare in vista dei prossimi esami, i primi che avrebbe affrontato in Italia, ma negli ultimi tempi non riusciva a concentrarsi: ogni volta che apriva un libro si ritrovava a disegnare sul suo taccuino schizzi di statue del dio Apollo, e avevano tutte il volto di Cesare.

## In San Pietro

*Sorgono scintillando per l'ombra le quattro colonne*
*che nel pagano bronzo torse il Bernini a spire.*
*Sopra la croce il grande miracolo pende, che in terra*
*offre a la faticosa anima umana un cielo.*
*(Gabriele D'Annunzio, Elegie Romane)*

*Musei Vaticani, Roma. Domenica 23 novembre 1913*

Il corpo di Laocoonte era plasmato in una posizione innaturale, intrecciato ai serpenti che stritolavano lui e i figli. Il braccio destro del sacerdote troiano si tendeva verso l'alto, nel tentativo di strapparsi di dosso uno dei rettili che gli stava lacerando le carni; il suo volto stravolto in una maschera di sofferenza.

Alfred si grattò il mento ispido di barba incolta. Davanti a una scultura così pregna di *pathos* non poteva fare a meno di provare un sentimento di disagio. Certo, era un capolavoro assoluto dell'arte ellenistica, eppure…

«Che meraviglia» sospirò Cesare, che invece sembrava essere colpito da quel complesso scultoreo: le sue pupille vagavano da una direzione all'altra, come se cercassero di catturarne ogni dettaglio.

Eppure, gli sembrava un'opera sopravvalutata. I volti delle figure apparivano maschere teatrali e conferivano al tutto un'aria sgraziata. Però non lo avrebbe contraddetto. Avrebbe rinunciato a esprimere la sua opinione, pur di compiacerlo e allinearsi alla sua visione e alle sue sensazioni.

Flaminia si accostò ad Alfred.

«Che rappresenta?»

Il suo profumo di gelsomino troppo intenso gli solleticò le narici, nonostante non avesse fiori tra i capelli. Fece un passo di lato.

«Mostra sacerdote troiano Laocoonte con suoi figli».

Elena fece una smorfia di disgusto.

«Ma perché i serpenti li stanno mangiando?»

«Evidentemente avevano un buon sapore» ghignò Cesare.

«Oh, davvero?» Si coprì con una mano la bocca spalancata. «Poveretti».

Flaminia assunse un'aria interrogativa, come se non capisse se quella di Elena fosse stata una battuta o meno. Nemmeno lui lo aveva capito.

«Perché Laocoonte», riprese Alfred, «voleva dire suoi concittadini di pericolo per cavallo di Troia. Però...» *Na ja...* Chi era la divinità che stava dalla parte dei Greci? «Però Atena, la dea che proteggeva i Greci, mandò i serpenti per impedire questo». Sperò di avere azzeccato il nome della dea. La mitologia classica non era il suo forte.

«Interessante».

Cesare uscì dalla nicchia del Laocoonte e camminò sotto il portico del cortile a braccetto con Elena.

Alfred si fece scrocchiare le nocche dei pollici. Non doveva guardare, doveva concentrarsi sulla meraviglia del posto in cui si trovava: le colonne di stile ionico del porticato, le vasche sacerdotali decorate con bassorilievi, la fontana al centro del cortile... Dov'era l'Apollo del Belvedere? Aveva bisogno di contemplare la perfezione delle sue forme e la serenità del suo viso; magari sarebbe stato in grado di infondergliene un poco. Dopotutto, Flaminia aveva avuto una bella idea proponendo di andare per musei. Avrebbe voluto invitare anche Leonardo, ma visto come erano andate le cose all'ippodromo non se l'era sentita; che poi, ripensandoci, non gli sembrava proprio un tipo da musei.

Cesare si fermò davanti alla statua di una qualche divinità reclinata di lato. Chi poteva essere? Le gambe di marmo erano avvolte da drappi e in una mano reggeva un'anfora; se al posto di questa ci fosse stato un tridente, l'avrebbe scambiato per Poseidone.

Elena si avvicinò e sfiorò il petto della statua.

«Però, che muscoli».

Cesare le strattonò il polso.

«Ehi, bada a come parli», scherzò. «Ora sei la mia donna».

Non doveva guardare. Alfred lasciò spaziare lo sguardo intorno a sé. Ecco dov'era l'Apollo del Belvedere! Si trovava nella nicchia accanto: la figura alta e slanciata si ergeva sopra un gruppetto di persone che la attorniava.

Un bambino strattonava la gonna della madre.

«Voglio andare via».

Flaminia li raggiunse e indicò la statua.

«E lì che cosa c'è?»

«Quello è Apollo», Alfred fece un cenno verso la scultura. «Andiamo a vederlo».

La statua era più alta di quanto si aspettasse. Il piedistallo innalzava il dio greco su tutti loro, con il suo corpo snello adorno di drappi e i riccioli che gli ricadevano sul collo. La somiglianza con Cesare era incredibile. Gli stessi boccoli e la stessa perfetta armonia del corpo, sembravano due gocce d'acqua, tranne forse per la robustezza del tronco e la rotondità del viso. E pensare che avrebbe potuto mettere le mani su quel corpo sicuramente liscio come il marmo della scultura.

«Bah, questa non mi piace».

Cesare si voltò e fece per andarsene.

*Bitte?* Che voleva dire? Gli posò una mano sulla spalla.

«N-non piace?»

«Non mi dice niente. È troppo...» La fissò come a cercare le parole giuste per definirla. «Troppo anonima. Niente a che vedere con il Laocoonte».

Quelle parole furono come una stilettata nel cuore. A Cesare non piaceva l'Apollo, la sua scultura preferita in assoluto.

«A me piace», Flaminia osservava la statua con le mani intrecciate davanti al grembo. «Mi dà un senso di pace».

Proprio quella di cui aveva bisogno lui.

«Già, a me anche».

Tuttavia, nemmeno Apollo era in grado di calmare il tumulto che gli ribolliva dentro. Cesare si diresse insieme a Elena verso una porta dipinta di bianco. Probabilmente conduceva al resto del museo Pio-Clementino. Si avviò anch'egli in quella direzione.

Flaminia gli posò una mano sul braccio; i suoi bracciali tintinnarono.

«Non vuoi rimanere un altro po'? Non abbiamo visto tutte le statue».

Alfred alzò le spalle.

«Anche dentro sono statue».

Ma la verità era che non aveva nessuna intenzione di perdere di vista Cesare per tutto il resto della visita e lasciarlo solo con la fidanzata.

***

Alfred e Flaminia superarono l'anticamera del museo Pio-Clementino, così pieno di statue di animali da sembrare uno zoo di marmo, e raggiunsero Cesare ed Elena. Si erano uniti a un gruppetto di visitatori intenti a osservare l'opera al centro della sala delle sculture: un torso privo di testa e dal petto scorticato, senza braccia e senza gambe dal ginocchio in giù; sedeva su un blocco di marmo grezzo poggiato su un piedistallo. Per fortuna non erano andati lontano.

Elena aveva uno sguardo perplesso.
«Non capisco che ha di bello. È rovinata».
Cesare sogghignò e scosse la testa.
«È bella proprio per questo. Una normale scultura non avrebbe tutto questo fascino», si voltò verso Alfred. «Dico bene?»
Lui si affrettò ad annuire.
«Esatto».
Su quest'opera non poteva che essere d'accordo con lui: il fascino di quel torso era unico.
«A me non piace», Elena fece spallucce. «Avrei preferito che qualcuno la completasse».
Un signore vicino a loro le sorrise. Aveva lunghi baffi neri. «Sono d'accordo con lei. Pensi, signorina, che Papa Giulio II della Rovere, quattrocento anni fa, ha espresso il suo stesso desiderio».
«Davvero?»
«Certo che sì», il signore indicò la scultura con il bastone dal pomello in avorio. «Il Papa aveva ordinato a Michelangelo di ricostruirla, visto che non poteva sopportare la vista di questo corpo così mutilato, ma Michelangelo si era rifiutato, sostenendo che fosse bella così come era».
Anche Cesare si era messo ad ascoltare quell'aneddoto con aria concentrata.
Dentro gli ribollì un moto di gelosia. Come poteva dare credito a quelle sciocchezze? Doveva intervenire.
«A dire il vero questa era leggenda», la sua voce tremolò come un drappo al vento. «Probabilmente questo fatto mai avuto luogo».
Il signore lo guardò e strinse gli occhi. Sottili rughe si increspavano ai lati del viso.
«Oh, a quanto pare il giovanotto ha qualcosa da ridire al riguardo. Però dovrebbe sapere che fu proprio il Vasari a riportare questo episodio, sempre che sappia di chi sto parlando».
Ma che razza di arrogante! Certo che sapeva chi era il Vasari, aveva letto tutte le sue *Vite* più volte, e in particolare proprio la

biografia di Michelangelo. Ingoiò la bile, non doveva agitarsi.
«Io sono sicuro che Vasari ha scritto niente sopra ciò».
Il signore allargò le braccia e si guardò intorno.
«Mi sta dando del bugiardo?»
Anche altri visitatori stavano assistendo al siparietto.
«Secondo me, sì».
Cesare sorrise, si avvicinò ad Alfred e gli cinse le spalle.
«Grazie per l'aneddoto, ma personalmente mi fido di più del nostro esperto».
Il signore era scuro in viso.
«Come più l'aggrada», guardò Elena e si tolse il cappello. «Signorina, le auguro un buon proseguimento».
Lei afferrò il polso di Cesare: le sue dita erano pallide come se fossero anch'esse di marmo.
«Ma c'era proprio bisogno di mandarlo via così?»
«Io non ho mandato via proprio nessuno. E poi era solo un saccente che voleva fare colpo».
«Colpo? Su di chi?»
«Niente, lascia stare».
Alfred sorrise. Che bello sentirli bisticciare, musica per le sue orecchie. E che bella la sensazione del braccio di Cesare intorno a lui. Avrebbe cercato di conservare il ricordo di quel contatto per tutto il resto della visita. Era inutile cercare di toglierselo dalla testa, tanto valeva continuare a rincorrerlo nei suoi pensieri.
Cesare ed Elena ripresero a camminare sotto la volta a botte del corridoio, diretti verso la sala successiva. Non si tenevano più per mano.
Flaminia si avvicinò.
«Sei stato coraggioso. Quel signore sembrava molto pedante».
«Dici?»
«Gli hai sentito dire un'inesattezza e lo hai contraddetto, non è da tutti. Io avrei fatto finta di niente».
Già, anche lui avrebbe fatto finta di niente, se non ci fosse stato

Cesare a infondergli quel coraggio. Solo in sua presenza riusciva ad affrontare le proprie insicurezze che, altrimenti, lo tenevano inchiodato a terra come una statua di marmo. Era una verità di cui si stava rendendo sempre più conto.

La volta della Cappella Sistina era un caleidoscopio di immagini, luci e colori. Le storie della Genesi spiccavano su tutti gli altri affreschi: le sue figure erano minute e inserite in complesse composizioni negli ultimi pannelli, poi sempre più massicce man mano che si arrivava all'episodio della Creazione del Mondo.

Alfred si massaggiò il collo. Che male che gli faceva, ma non poteva abbassare la testa di fronte a tanta magnificenza. Ecco la creazione di Adamo! I due indici che si sfiorano in un gesto che rende l'idea dell'infinito, la tensione del corpo di Dio e del primo uomo così palpabile da farli sembrare due persone vive. Chissà cosa dovevano aver provato i contemporanei di Michelangelo nel vederlo dipingere quell'opera, sdraiato sulla schiena sopra l'impalcatura, con i colori a olio che gli gocciolavano sul viso impastandosi al sudore.

«È davvero meraviglioso» mormorò Cesare. Anch'egli aveva lo sguardo al soffitto.

Elena sbuffò.

«Meraviglioso? A me sembra tutto uguale», incrociò le braccia al petto. «Voglio andare via».

«Dai, non fare la bambina».

Lei sbuffò ancora e indicò i sedili in marmo ai lati della sala, sotto i finti drappeggi.

«Allora mi vado a sedere lì. Sono stufa di stare in piedi».

«Perdonala», Cesare scosse la testa. «Non ha il minimo rispetto verso l'arte».

Il cuore gli si riempì di gioia. Finalmente quella stupida si era tolta di mezzo e si era messa ai margini, dove meritava di stare. La complicità con cui Cesare gli aveva parlato gli diede l'impressione di volare e raggiungere le figure nel Paradiso Terrestre.

«Chi ha dipinto tutto questo?» Flaminia si guardava intorno, sembrava posare lo sguardo su tutto ma senza soffermarsi su niente. Forse anche lei si stava annoiando.

Alfred indicò il soffitto.

«Michelangelo dipinse volta con storie di Genesi e altri affreschi di Bibbia», fece un cenno verso la parete di fondo. «Quello invece è Giudizio Universale. Sempre da Michelangelo».

«Tutto questo da solo? Impressionante».

Cesare aveva attraversato la transenna di marmo e si trovava nella seconda metà della sala, diretto verso l'altare in fondo. Alfred lo raggiunse. Davanti al Giudizio Universale si era radunato un gruppo di altri visitatori. Avvicinarsi era impossibile, dovette rimanere un po' a distanza.

«Sono tutti nudi», Cesare aveva un'espressione divertita. «Immagino l'imbarazzo del Papa quando lo ha visto».

«Già», gli ritornò alla mente un aneddoto simpatico. «Addirittura Pio IV aveva domandato Michelangelo per nascondere nudi, ma lui diceva no. Ha per questo dato compito ad altre persone dopo sua morte».

Cesare ghignò.

«E questa è un'altra leggenda o è successo veramente?»

Quelle parole gli giunsero come spilli acuminati. Si stava forse prendendo gioco di lui? Maledizione, avrebbe dovuto starsene zitto invece di raccontare quella stupida storiella. Aveva fatto la figura del saccente, proprio come il signore di prima.

Cesare indicò gli angeli al centro, che suonavano le trombe per annunciare la fine di tutto.

«Secondo te, quando verrà il momento, saremo dannati o beati?»

Quella domanda lo spiazzò. Che intendeva dire? Si soffermò sui due libri che reggevano gli angeli: uno era piccolo, riservato ai beati, l'altro enorme, riservato ai dannati. Già, in quale dei due elenchi sarebbe finito il suo nome? La sua mente indugiava spesso sui peccati più immondi. Su loro due, su quello che avrebbero potuto fare insieme.

«Secondo me c'è sempre tempo di pentimento».

«Sarà, ma sono sempre stato convinto che in ogni caso finirei all'inferno», si voltò verso di lui e gli fece l'occhiolino. «Meno male che non esiste».

*Bitte*? Voleva forse dire che non credeva in Dio?

Cesare gli posò una mano sulla spalla e si diresse verso Elena; vicino a lei si era seduta anche Flaminia, con le mani in grembo e lo sguardo al pavimento.

Alfred indugiò davanti all'affresco. Sarebbe rimasto lì ancora a lungo, a scrutare tutte quelle figure, una a una per l'eternità, fino a quando non sarebbe stato chiamato a rispondere di tutti i suoi peccati, ma Cesare stava andando via. E se fino a poco tempo prima lo avrebbe negato a oltranza, ormai non provava più vergogna ad ammettere a sé stesso quanto gli faceva mancare il respiro stare lontano da lui.

***

Uscirono dal museo all'imbrunire, con la strada già illuminata dalla luce dei lampioni elettrici. Il cielo era ricoperto di nubi che rendevano l'aria pesante; solo un soffio di vento tiepido smorzava la cappa di umidità.

Elena e Cesare camminavano a passo svelto lungo il perimetro delle mura del museo, come se avessero fretta di andare via. Ridacchiavano parlottando tra di loro e gli stivali producevano un rumore sordo sui sampietrini lucidi di pioggia.

Flaminia, invece, aveva un'espressione sofferente.

«È stata proprio una bella giornata, ma ho i piedi a pezzi».

Alfred ripensò a tutti i momenti in cui era stato vicino a Cesare, quando il suo profumo di pino silvestre riusciva a sovrastare la freschezza minerale, appena percettibile, del marmo scolpito, e l'odore di pigmenti antichi dei dipinti.

«Vero, hai avuto buona idea di venire qui».

Sperò che il suo desiderio di stargli sempre vicino non avesse rivelato alla sorella qualcosa sulla sua infatuazione.

Cesare si fermò all'imbocco di un vicolo, in un punto in cui le case – più che altrove – sembravano ammucchiate una sull'altra in un equilibrio precario.

«Che vogliamo fare? Io propongo di andare a bere qualcosa».

«Sì!» Elena batté le mani. «Tutta quest'arte mi ha messo una gran sete».

«Io invece preferirei andare a casa», Flaminia sbadigliò portandosi una mano alla bocca. «Sono molto stanca».

«Tu, invece, che vuoi fare?»

Alfred esitò. Sarebbe tanto voluto andare con loro, ma non desiderava fare il terzo incomodo.

«Vado anche io a casa».

«Come volete. Allora ci vediamo domani».

Cesare prese per mano la fidanzata e voltò loro le spalle.

«Se prendessimo una vettura?» Flaminia si chinò a massaggiarsi un polpaccio da sopra la gonna rossa del vestito. «Non ce la faccio proprio ad andare a piedi».

Alfred si guardò intorno: non vedeva carrozze, non ce n'era una nemmeno a pagarla oro.

«Possiamo aspettare a qualcuna, se passa».

Dall'arco di pietra uscivano altri visitatori del museo, per lo più coppie che si tenevano per mano e famiglie con tanti bambini chiassosi. Un tuono rimbombò in lontananza. Ci mancava solo che ricominciasse a piovere.

«Posso farti una domanda?» Flaminia lo guardava con le guance arrossate.

«Certo».

Un peso iniziò a ingombrargli lo stomaco: quelle parole non promettevano nulla di buono.

«Per caso, saresti voluto restare con loro?»

Alfred sobbalzò, la testa gli girava.

«No, perché?»

*Scheiße!* Aveva capito tutto.

«Non so, mi era sembrato. E comunque non ci sarebbe stato niente di male».

Le orecchie gli avvamparono.

«Io anche sono così stanco. Volevo tornare a casa anche io».

«Capisco».

Flaminia lo fissò. I suoi occhi scuri, così simili a quelli del padre, sembravano leggergli dentro e riuscivano a mettere a nudo tutti i suoi segreti. Erano molto diversi da quelli verdi del fratello, nei quali si sarebbe perso per ore e ore. Uno scalpiccio di zoccoli risuonò alle loro spalle. Flaminia indicò qualcosa dietro di lui.

«Ecco una vettura. Sbrighiamoci, prima che qualcun altro ce la soffi».

Camminò a passo svelto tirandosi su la gonna. Alfred la seguì sui sampietrini bagnati. Aveva capito tutto, ormai ne era sicuro. Era una ragazza troppo intelligente per non accorgersi di nulla. Doveva agire con più cautela per evitare di esporsi troppo o continuare sulla sua strada, incurante di ciò che lei avrebbe pensato? Certe volte avrebbe così tanto voluto confidarsi con qualcuno che gli consigliasse cosa fare e cosa non fare. Ma con chi avrebbe mai potuto parlare di cose così intime? Se solo il suo caro Wilhelm fosse stato lì con lui…

# Febbre

*La febbre mi riarde*
*il sangue orribilmente: qui ne' polsi*
*e ne la tempia un martellìo continuo*
*che mi risuona in eco dolorosa*
*in fondo a 'l cuore; par che ne le vene*
*mi scorra piombo ardente; par che il cranio*
*mi scoppî ad ora ad ora; par che il petto*
*mi morda un serpe feroce; qui in gola*
*il singhiozzo... il singhio...*
*(Gabriele D'Annunzio, Primo Vere)*

*Corso Umberto, Roma. Sabato 6 dicembre 1913*

Il corso era molto affollato a quell'ora del pomeriggio. Alfred si fece largo tra i passanti vicino alle vetrine dei negozi; gli stava mancando l'aria. Un ragazzo si fiondò sotto una carrozza per recuperare una palla di cuoio; il vetturino strattonò le briglie del cavallo, che nitrì e si impennò.

«E levati di mezzo» urlò.

*Verdammt!* Che confusione maledetta. Alfred si appoggiò al muro di mattoni di un palazzo e tolse il cappello. Una gocciolina di sudore si formò sul labbro superiore; se la pulì con le dita appiccicose. Anche se non si celebrava San Nicola come in Germania, sembrava lo stesso un giorno di festa. Il caos gli fece venire una fitta alle tempie. Chissà cosa stava facendo Wilhelm. Avrebbe dovuto inviargli una lettera per raccontargli della figuraccia di quella mattina all'università, quando aveva fatto gli auguri a Leonardo. Che non sapeva per quale motivo glieli stesse facendo.

Alfred riprese a camminare tra i banchi delle botteghe e delle salsamenterie. Chissà dove poteva trovarsi un negozio dove comprare i regali di Natale per i Palleschi, per ringraziarli della loro ospitalità. L'obelisco di piazza Colonna, decorato con bassorilievi, svettava circondato da carrozze ferme. Un'insegna in ferro battuto poco più avanti sul corso catturò la sua attenzione: STRUMENTI MUSICALI DE SANTIS.

Eccolo, proprio quello che stava cercando! Si avvicinò alla vetrina, dove erano esposti trombe e altri ottoni, violini e percussioni. Forse lì avrebbe trovato qualcosa di interessante da regalare a Cesare.

Abbassò la maniglia e spinse la porta. Il campanello tintinnò. Dietro al bancone c'era un signore anziano che sollevò lo sguardo da una copia de *L'osservatore romano.*

«Buonasera».

«Buonasera».

Al centro del negozio c'era un pianoforte, un quarto di coda color rame. Alfred si avvicinò a sfiorarlo. Dalla consistenza e dalla tonalità gli parve legno di mogano, lucente e liscio al tatto.

Un fruscio di carta lo fece voltare. L'uomo si tolse gli occhiali, posò il giornale sul bancone e si alzò.

«In cosa posso aiutarla?»

Aveva il viso affilato, su cui cresceva una barbetta ispida; zoppicava un po'.

«Vorrei comprare un regalo».

«Per chi? Di che tipo?» Gli si avvicinò con le mani dietro alla schiena.

«Non è per farmi gli affari suoi, mi serve solo per avere un'idea».

«Per un amico», Alfred si tormentava le unghie con le dita. «È musicista».

Il proprietario ridacchiò.

«Bene, allora è nel posto giusto. Che cosa suona?»

«Il pianoforte».

«Allora, qui abbiamo uno straordinario modello di *Bechstein* nuovo di zecca, fabbricato all'inizio di quest'anno. Che dice, può andare bene?»

Ma stava dicendo sul serio?

«N-no, io...»

L'uomo scoppiò a ridere.

«Ma stavo solo scherzando, le pare?» Si asciugò una lacrima dietro gli occhiali con la nocca dell'indice. «Suppongo che il suo amico ne abbia già uno, dico bene?»

«Beh, sì...»

«Allora in questo caso proporrei degli accessori».

Raggiunse uno scaffale vicino al bancone e iniziò a rovistare.

«Abbiamo metronomi, lampade, sia per pianoforte a coda che per quello verticale», prese una scatola e la posò sul bancone. «Abbiamo anche delle coperture in velluto per proteggerlo dalla polvere, strumenti per la pulizia e la manutenzione, pezzi di ricambio e altri attrezzi di questo tipo».

Alfred si grattò la nuca. Accidenti, non aveva idea di che cosa potesse servire a Cesare, non avrebbe mai sospettato che per un pianoforte potessero esserci così tanti accessori.

«Altrimenti le posso consigliare questa», il proprietario andò verso il pianoforte e sedette su una panca in legno scuro con un cuscino rosso. «Me l'hanno spedita da Milano, è fatta a mano, ovviamente», sbatté le mani sul legno. «È un pezzo molto robusto, scommetto che il suo amico non ne ha una così».

«Hmm, non saprei», l'occhio gli cadde sullo spartito posizionato sul pianoforte. «Vendete per caso anche spartiture?»

«Spartiture? Per quelle deve andare da un barbiere».

*Was?* E che c'entrava ora un barbiere?

L'uomo rise di nuovo e scosse la testa.

«La sto prendendo in giro. Immagino volesse dire "spartiti", o "partiture"».

Ecco, si era sbagliato. Chissà quando avrebbe imparato a padroneggiare una lingua così difficile come l'italiano.

Il proprietario si alzò e grugnì per lo sforzo.

«Venga, mi segua».

Si diressero in un'altra stanza del negozio, buia e più piccola. Il negoziante accese l'interruttore della luce elettrica. Alfred si ritrovò circondato da scaffali pieni di libri e di fascicoli rilegati insieme con lo spago. Si sarebbe aspettato un forte odore di umidità, invece c'era solo quel lieve sentore di polvere tipico della carta vecchia.

«Che periodo aveva in mente? Neoclassicismo, Barocco, musica medievale, Romanticismo... Qui c'è tutto».

Alfred si ricordò che, qualche settimana prima, Cesare era andato a vedere una messa in scena del *Parsifal*.

«Qualcosa di Wagner».

«Perfetto», iniziò a cercare su uno scaffale, in alto c'era una targhetta con su scritto: ROMANTICISMO. «Wagner, Wagner... un momento, ma il suo amico non era un pianista?»

«Sì».

«E allora con Wagner non ci fa niente, mi scusi», il proprietario continuò a cercare ed estrasse una grande partitura rilegata in pelle. «Ecco, questo è quello che può fare al caso suo».

Ci soffiò sopra e una nuvoletta di polvere si disperse nell'aria. Sulla copertina c'era scritto, a caratteri dorati: LUDOVICO VAN BEETHOVEN.

«Queste sono le sonate di Beethoven. La Bibbia di ogni pianista. Anzi, il Nuovo Testamento, come diceva il buon Hans von Bülow».

Alfred sfogliò le pagine ingiallite: erano spesse e ruvide al tatto, emanavano quel profumo di antichità che solo i libri sprigionano. Lo chiuse.

«Prendo questo».
«Ottima scelta. Venga, venga, le faccio un pacchetto speciale».
Che bello, aveva trovato proprio quello che faceva al caso suo. Già non vedeva l'ora di darlo a Cesare: era sicuro che avrebbe apprezzato.

***

*Galleria Sprovieri, Roma. Sabato 6 dicembre 1913*

«Per questo motivo, Roma dovrà bruciare!»
Dalla bocca del poeta schizzarono goccioline di saliva. Era così infervorato dal suo discorso che camminava avanti e indietro sul palco; in mano aveva dei fogli stropicciati.
«La città e tutto il marciume che si porta dietro. Solo così potrà rinascere dalle sue stesse ceneri».
Ci fu uno scroscio di applausi a quelle parole, seguito da urla ed esclamazioni di approvazione. Alfred sorseggiò la sua birra. Tutta la Galleria Sprovieri sembrava essere d'accordo con quel berciare privo di senso. Ma come si poteva apprezzare una violenza verbale di quel tipo? Poteva avere un suo fascino, ma era anche spaventosa.
Il poeta accartocciò i fogli e li gettò a terra.
«Non si può pretendere di cambiare la testa di una persona accorciandogli i capelli», si passò un dito sopra la gola. «Solo con un taglio netto si potrà procedere a mettere una testa nuova su questo cadavere che è diventata la nostra patria».
Il pubblico applaudì con ancora più entusiasmo. Il poeta raccolse i fogli dalle assi di legno, li strappò e gettò i brandelli tra il pubblico. Sul palco salirono altri uomini e lo abbracciarono, strattonandogli la giacca rattoppata con delle pezze sui gomiti.
Leonardo si alzò in piedi ad applaudire. Guardò Alfred.
«A te non è piaciuto?»
«Hmm, diciamo di sì».

Non gli andava di iniziare un battibecco sull'argomento, come quello sulla guerra di Libia. Rimase seduto. Avrebbe dovuto mettersi ad applaudire oppure no?

Sul palco salì un altro signore, dallo smoking lucido e dal cappello a cilindro. Sembrava più distinto di quello precedente, forse le sue parole sarebbero state più ragionevoli.

Si tolse il sigaro dalle labbra e lo gettò tra il pubblico.

«Bisogna stanare i sodomiti e ucciderli tutti».

Come non detto. Alfred abbassò lo sguardo. Chissà come avrebbe reagito il pubblico se avesse saputo che uno di quei *sodomiti* era proprio lì. Nonostante tutto gli venne da sorridere.

«Stanno rovinando la nostra Italia con il tango, le operette da quattro soldi e altra robaccia da *frosci* effeminati», l'uomo sputò per terra. «Le donne non vanno accarezzate a ritmo di musica. Vanno penetrate e ingravidate, senza troppi complimenti. E se dicono di no, vanno stu-pra-te».

Leonardo ridacchiò e si voltò verso Alfred, che a quelle parole si mise una mano sulla fronte. Voleva sparire sottoterra. Com'era possibile che dei criminali del genere potessero parlare così in un luogo pubblico? Era vera e propria violenza, anche se solo verbale, ma non meno pericolosa.

«Se queste cose ti danno fastidio possiamo andare via».

Fu tentato di accettare, ma non voleva passare per quello sensibile e delicato.

«No, restiamo».

Anche se ciò significava ascoltare altri insulti del genere.

L'uomo camminava avanti e indietro sul palco, facendo scricchiolare le assi di legno

«Perché è così che si comportano i veri uomini, è così che...»

Alfred appoggiò il mento sul palmo della mano e si perse tra i lampadari di ottone che illuminavano la sala. Quanto avrebbe voluto essere con Cesare in quel momento. Starsene da soli in un locale tranquillo, o passeggiare tra i vicoli di Roma, con la luna che rischiarava il Tevere e si rifletteva sulle sue acque paglierine. Un sogno che non si sarebbe mai realizzato.

«C'è qualcosa che non va?» Leonardo si voltò di nuovo verso di lui. «Ti vedo strano».

«Più di solito?»

Leonardo ridacchiò.

«Bella questa», si allungò verso di lui. «Davvero, se vuoi parlare sono qui».

Alfred scrocchiò la nocca del pollice. Quanto aveva desiderato negli ultimi tempi qualcuno con cui parlare? Non avrebbe mai confessato a nessuno la sua attrazione verso Cesare, però quella poteva essere una buona opportunità per sfogarsi. E per capire come evitare di impantanarsi in una situazione scomoda.

«In effetti c'è una cosa».

Leonardo scostò i bicchieri vuoti e poggiò i gomiti sul tavolino.

«Sono tutto orecchi».

«S-si tratta di una situazione complicata».

«C'entra una ragazza, eh?»

Alfred si lasciò sfuggire una risatina. Se solo avesse saputo la verità, lo avrebbe ripudiato all'istante come amico.

«In effetti è così».

«Lo sapevo!» Leonardo batté un pugno sul tavolo, i bicchieri tintinnarono. «Solo le ragazze riescono ad affliggere gli uomini in questo modo. Un momento, però...» Strinse gli occhi in due fessure sospettose. «Non starai mica parlando di Flaminia?»

«Sì e no. Nel senso...» faticò a trovare le parole e lo sguardo torvo che si sentiva addosso non lo aiutava. «A me piace altra persona, però ho notato che lei ha interesse in me e non so che cosa faccio».

«Da quanto tempo è che te ne sei accorto?»

«N-non lo so», in questo caso, avrebbe potuto essere del tutto sincero. «Da inizio, forse. Speravo anche che lei si innamorava in te, ma niente».

Il volto di Leonardo si distese.

«Beh, con lei ho perso una battaglia, ma non la guerra», fermò un cameriere. «Altre due birre, grazie».

«Quindi hai ancora interesse in lei?»

Forse quella conversazione stava prendendo la piega che voleva.

Il cameriere tornò con le birre. Leonardo prese il suo bicchiere e buttò giù una sorsata.

«Certo! In tutto questo tempo ho rispettato il periodo di tregua, ma solo perché dovevo elaborare un nuovo piano di azione», si passò la mano sui baffi di schiuma. «Se però uniamo gli sforzi, potremmo raggiungere entrambi i nostri obiettivi».

«Che intendi?» Alfred esultò dentro di sé.

Leonardo gli cinse le spalle e lo avvicinò a sé.

«Se io riuscissi a sedurre Flaminia, tu avresti la strada libera per poter stare con chi vuoi», il suo fiato sapeva di malto e luppolo. «Ti basta quindi aiutarmi in questo, magari parlandole bene di me, così avrò automaticamente aiutato te. Facile, no?»

Alfred annuì e sorrise. A dire il vero si era un attimo perso, ma nella sostanza il ragionamento era chiaro. Ed era proprio quello che voleva ottenere da lui.

«Comunque non so chi sia la persona di cui ti sei innamorato ma, se posso darti un consiglio, buttati. Le donne sono esseri deboli, per cui sono attratte da uomini forti, che le possano dominare. Altrimenti saranno loro a dominare te», Leonardo gli puntò l'indice sul petto. «E tu questo non lo vuoi, giusto?»

Si allontanò dalla mano che lo toccava. Sembravano parole degne dei due poeti che erano saliti sul palco.

«L'importante è non fare mai queste due cose», Leonardo allungò pollice e indice. «Rivelare i tuoi sentimenti e preoccuparti dei suoi. Altrimenti sarà la fine».

Quelle parole erano tutto il contrario di quello che aveva sempre pensato.

«Forse è vero».

Bevve la sua birra. La testa gli girava, troppo alcool per quella sera, però parlare gli aveva fatto bene: lo aveva liberato dal peso che lo tormentava.

«... e quindi, anche per questo motivo non c'è spazio per i sodomiti nella nostra patria».

L'uomo di prima poggiò i dorsi delle mani sui fianchi e si inchinò a ricevere l'applauso del pubblico.

Alfred ebbe un'epifania. Non condivideva niente di quello che avevano detto Leonardo e quei poetastri insulsi che si definivano "futuristi" e che avrebbero fatto bene a marcire in galera, eppure anche nelle loro parole poteva esserci qualcosa di buono: doveva imparare ad avere più coraggio e osare. Indipendentemente da come sarebbe andata con Flaminia. Doveva affrontare Cesare di petto e dirgli una volta per tutte quello che provava.

# Il vespro

*Non era in me certezza de l'ora, de' luoghi. Un fallace*
*sogno teneami? O tutte de la mia gioja consce*
*eran le cose e in torno rendevano insolito lume?*
*Io non sapea. Le cose tutte rendevan lume.*
*(Gabriele D'Annunzio, Elegie Romane)*

*Casa Palleschi, Roma. Mercoledì 24 dicembre 1913*

Alfred si portò alle labbra la tazzina di ceramica dal bordo dorato e sorseggiò il caffè bollente. Senza latte era amarissimo, però ci voleva proprio per digerire le porzioni abbondanti che Gisella gli aveva messo davanti per tutta la sera. Non aveva mai mangiato così tanto durante una Vigilia di Natale. Gli mancava però lo *Stollen* che preparava sua madre, con l'uvetta che si perdeva nel soffice impasto e la crosta di zucchero a velo. Una leggera sensazione di *Heimweh* gli offuscò l'allegria della serata. Chissà se sua madre avrebbe preparato quel dolce anche in sua assenza.

Il signor Palleschi versò nella tazzina un intero cucchiaino di zucchero.

«Ma no, i radicali non faranno mai cadere il governo», mescolò il caffè e posò la pipa sul tavolo. «Alzano tanto la voce, ma Giolitti fa comodo anche a loro».

Il conte Sperelli si passò il tovagliolo sui baffi giallastri.

«Questo è vero, ma fino a un certo punto. Se ingoiano anche

questo rospo, perderanno quei pochi elettori che gli sono rimasti».

«Tanto meglio, allora. Un nuovo governo potrà rimescolare le carte in tavola. Altrimenti si rischia di rimanere impantanati».

Per togliersi l'amaro di bocca, Alfred addentò un biscotto al burro. Un nuovo governo? Non era la prima volta che ne sentiva parlare con superficialità, come se fosse una partita di *football* o uno spettacolo a teatro. Avrebbe voluto chiedere come mai in Italia i governi cambiassero così rapidamente, ma non avrebbe mai osato.

Flaminia sbuffò con la guancia appoggiata al palmo della mano.

«Che noia la politica. Ormai nessuno parla più d'altro».

Accanto a lei, la madre aveva lo sguardo immerso nella sua tazza di tè fumante.

Alfred si leccò lo zucchero a velo dei biscotti rimasto sulle dita. Chissà se Leonardo aveva seguito il suo consiglio e le aveva scritto una lettera, e chissà se lei fosse stata veramente contenta di riceverla. Ma per riallacciare i rapporti tra i due non aveva saputo cos'altro inventarsi. Sperò solo che Leonardo si fosse risparmiato uno dei suoi commenti nazionalisti e misogini.

Cesare ridacchiava insieme a Elena, che gli stava appiccicata come se potesse svanire da un momento all'altro. Lui le accarezzava il dorso delle mani.

Alfred si pulì le dita sul tovagliolo. Gli sarebbero piaciuti gli spartiti che aveva comprato per lui? Se lo era domandato infinite volte in quei giorni, non riusciva a pensare ad altro. L'agitazione lo rodeva dentro. Forse non avrebbe dovuto prendere il caffè a quell'ora.

«Almeno con la guerra in Libia abbiamo potuto respirare un po'», Palleschi soffiò una nuvola di fumo. «Ci sono stati parecchi ordini. Altrimenti avremmo dovuto tirare un po' la cinghia, con tutti questi anni di maledetta pace».

Sperelli aggrottò le sopracciglia.

«Non vendete anche all'estero?»

«Raramente. La burocrazia immobilizza tutto ed è sempre una

scocciatura».

«Colpa dei socialisti. Un tempo questo Paese non era così allo sbando», Sperelli scosse la testa. «Il Re dovrebbe prendere Turati e cacciarlo a pedate dal parlamento. Se solo ripenso a quel cane vile e a quello che ha detto sulla guerra...»

Quelle parole ferirono Alfred. Non conosceva bene i politici italiani, però il nome di Turati lo aveva sempre sentito associare a pacifismo e progresso sociale, cose per cui nessuno avrebbe meritato di essere insultato in quel modo. Ripensò a Marco, alle sue simpatie socialiste e a come veniva preso in giro da Leonardo e Carlo. Lottare per i propri diritti stava diventando sempre più difficile in quel mondo teso e arrabbiato.

Palleschi ghignò.

«Sul disonore degli onorevoli socialisti non posso che essere d'accordo», si voltò verso la moglie. «"Il disonore degli onorevoli". L'hai capita?»

Lei ebbe un sussulto e le sue labbra si contrassero. Era un sorriso, quello?

«Sicuramente hanno più onore di chi spara sulla folla e giustizia i libici nella loro patria».

Flaminia aveva parlato tutto d'un fiato, come se avesse avuto paura di venire interrotta nel bel mezzo della frase.

Palleschi aprì la bocca, la richiuse, l'aprì di nuovo.

«Che vuoi dire?»

Lei giocherellò con il tovagliolo.

«Ma niente, è solo che i socialisti sono sempre il capro espiatorio dei mali di questo Paese», sollevò gli occhi a guardare il padre: erano umidi. «Se ogni tanto ci facessimo tutti un esame di coscienza, forse le cose andrebbero un po' meno a rotoli».

Sperelli ghignò e scosse la testa, come se avesse sentito un mucchio di sciocchezze.

«Tu sei giovane e non lo puoi sapere, ma ti posso assicurare che a Roma si stava benissimo, prima che quei cani entrassero in Parlamento», raddrizzò la schiena. «Anzi, a dirla tutta si stava benissimo anche prima che arrivasse il Re, ma ormai questo neanche si può più dire».

La porta del corridoio si aprì ed entrò Gisella, che portò in tavola un vassoio.

«Ecco i dolci. Panpepato, mostaccioli e maritozzi. Ora porto la panna e altri biscotti».

Sulla tavola calò il silenzio. Non sapendo cosa dire, Alfred prese un mostacciolo e l'addentò. Un po' di dolcezza in quella situazione amara che si era venuta a creare. Avrebbe voluto complimentarsi con Flaminia per le parole che aveva pronunciato. Lei aveva fatto lo stesso durante la visita ai Musei Vaticani, quando gli aveva detto che non avrebbe mai avuto il coraggio di contraddire quel pedante, e solo allora si rese conto che gli aveva mentito. Di coraggio, ne aveva avuto più che a sufficienza.

«Qualcuno gradisce un po' di musica?» Cesare si alzò e si diresse al pianoforte senza aspettare una risposta.

«Certo!» Il signor Palleschi si avventò sul panpepato, come se avesse già dimenticato le parole della figlia.

Cesare si sedette sulla panca. Sollevò il coperchio del piano, rimosse la stoffa protettiva e iniziò ad accarezzare i tasti. Alfred sospirò: non vedeva l'ora di scoprire se il suo regalo gli sarebbe piaciuto o se lo avrebbe odiato.

Elena iniziò ad applaudire non appena le note smisero di risuonare nell'aria.

«Bravo!»

Il signor Palleschi si unì subito all'applauso.

«Chopin è sempre Chopin».

Cesare si alzò, si inchinò facendo un gesto con la mano e tornò al suo posto vicino a Elena, sorridente. Il pendolo in salotto scoccò la mezzanotte. Di già? Alfred controllò il suo orologio: segnava le dieci e mezza. *Scheiße!* Si era fermato. Che si fosse dimenticato di caricarlo quella mattina? Strano, di solito se ne ricordava sempre.

La signora Palleschi si sollevò in piedi.

«È l'ora dei regali».

Sembrava che avesse annunciato l'inizio di un funerale. Ci fu un gran strusciare di sedie sul pavimento; si alzarono tutti quanti per andare a prendere i doni sotto l'albero di Natale.

Alfred si tormentava le labbra con i denti e rimise l'orologio nel taschino. Era arrivato il momento tanto atteso.

«Allora faccio io gli onori di casa», il signor Palleschi prese uno dei pacchetti e lesse il suo nome. «Da parte di Alberto Sperelli», si voltò verso il conte. «Che coincidenza, il primo regalo è proprio il tuo».

Lui ridacchiò.

«Sicuro che sia una coincidenza?»

Strappò la carta del pacchetto e la gettò per terra. Lo aprì.

«Ah, una pipa».

L'afferrò e l'avvicinò alla luce del lampadario. Se la rigirò tra le mani: era di legno scuro con venature nere, aveva le rifiniture dorate e il bordo del braciere era bianco, sembrava d'avorio; molto diversa dalla pipa spartana che fumava di solito.

«Ma è bellissima», il signor Palleschi tese la mano a Sperelli, che gliela strinse. «Ti ringrazio. Tu sì che mi conosci bene».

Il conte sorrise.

«È un pezzo di antiquariato molto pregiato».

Poco più in là, Cesare si stava avvicinando alla busta di Alfred, quella che conteneva gli spartiti. Allungò la mano, ma qualcos'altro catturò la sua attenzione. Era uno piccolo scrigno di legno e aveva un'etichetta con il suo nome. Lo prese e lo aprì: sgranò gli occhi nel vedere il contenuto.

«Oh mio Dio», si volse verso il padre, tornò a guardare l'interno dello scrigno e prese quello che c'era dentro: una rivoltella. «Non ci credo, è stupenda».

Una rivoltella? Alfred era confuso. Che razza di regalo di Natale era?

Il signor Palleschi si strinse il panciotto in vita.

«Per il mio primogenito questo e altro».

Cesare teneva la rivoltella poggiata sui palmi. L'impugnatura era di legno scuro e in basso aveva un anello. Il metallo grigio scintillava alla luce del lampadario.

Sperelli si avvicinò con aria incuriosita.

«Che modello è?»

«Si tratta di un Chamelot Delvigne. La produzione è stata interrotta più di vent'anni fa, però ho fatto realizzare in fabbrica un esemplare speciale appositamente per mio figlio, sulla base del modello del 1874».

«C'è anche il mio nome».

Cesare ruotò la rivoltella e passò il polpastrello sulla parte superiore della canna.

Flaminia scosse la testa.

«Certe volte mi vergogno proprio di avere un genitore così».

Cesare posò la pistola nello scrigno e abbracciò il padre.

«Grazie».

Si voltò poi verso Elena, l'avvicinò a sé e le scoccò un bacio sulle labbra.

Una fitta di gelosia punzecchiò il fianco di Alfred. Non era la prima volta che si baciavano in pubblico, però assistervi era sempre una sofferenza. La testa iniziò a girargli.

Flaminia gli toccò il braccio.

«Tutto bene? Sei pallido».

Si passò una mano sugli occhi.

«Ho solo un po' di mal di testa».

«Questo è per te, comunque». Gli porse il pacco che aveva in mano. Le mani le tremavano, sembrava a disagio.

«Grazie».

Prese il pacchetto e tolse il nastro che teneva insieme la carta rossa, attento a non strapparla. Era un libro senza copertina: *Canne al Vento* di Grazia Deledda, pubblicato dai fratelli Treves.

«È uno dei miei romanzi preferiti», Flaminia si contorceva le mani. «L'ho letto quando è uscito a puntate su *L'Illustrazione Italiana*, e mi è piaciuto così tanto che ho pensato di prenderlo anche in volume».

«Che bello».

Era lusingato per quel regalo, si vedeva che Flaminia lo aveva fatto con il cuore, anche se non aveva idea di quando lo avrebbe letto. Aveva ben altro per la testa in quel periodo.

Posò il libro sul tavolo e andò dall'altra parte dell'albero per prendere il regalo che aveva comprato a Flaminia, ma Cesare, a qualche passo da lui, afferrò la busta con gli spartiti.

Alfred si bloccò. *Ach*, stava per aprire il suo dono.

Cesare tastò l'involucro con aria pensierosa e strappò un lembo della carta di rivestimento.

«Aspetta» lo interruppe Alfred.

Lui lo guardò con le sopracciglia aggrottate.

«Perché?»

«Mi accompagni prendere un po' d'aria?»

Cesare continuò a scrutarlo con sguardo perplesso.

«Certo. Ti aspetto fuori».

«Vengo subito», Alfred pescò dal mucchio il pacchetto per Flaminia. «Ecco, tieni».

Lei lo aprì. Dentro c'era una penna stilografica. La prese e la osservò in controluce.

«Carina, grazie».

«Funziona a cartucce, così non devi sempre intingere».

Lei ripose la penna nella custodia e chiuse la scatola.

«La userò a scuola con i miei allievi, allora. Ne saranno contenti».

Non sembrava molto entusiasta del regalo; del resto, Alfred lo aveva comprato per dovere, senza una vera intenzione, al contrario di quello per Cesare. Lo stava aspettando fuori, doveva raggiungerlo.

Se ne stava coi gomiti appoggiati alla ringhiera e una sigaretta tra le labbra. Piazza Barberini era immersa in un chiaroscuro spettrale, in cui le zone di luce erano luminose tanto quanto le zone d'ombra erano buie.

«Ora puoi aprire regalo» mormorò Alfred.

Una nuvoletta di vapore gli uscì dalla bocca. Forse sarebbe dovuto andare a prendere il soprabito, ma era come se l'eccitazione e l'ansia gli stessero riscaldando il sangue.

Cesare gettò di sotto la sigaretta consumata solo per metà e terminò di strappare il bordo della busta. Tirò fuori gli spartiti e li ammirò con le sopracciglia alzate.

«Ma che bella copertina!» Li sfogliò col sorriso sulle labbra. «Possiedo già alcuni spartiti di Beethoven, ma averceli raccolti tutti in un unico volume è sempre utile. Grazie».

Alfred arrossì. Gli erano piaciuti! Magari l'aveva detto solo per cortesia, però il suo viso sembrava sincero. Quelle parole gli bastavano: era ora di buttarsi.

«Senti...» Per un attimo la sua fermezza vacillò e fu tentato di scappare e tornarsene dentro, ma ormai era troppo tardi. «Volevo parlare di una cosa».

Cesare rimise gli spartiti dentro la busta.

«Dimmi pure».

«Volevo dire che avevi ragione».

«A che proposito?»

Parlare gli stava costando una grande fatica. Ma non poteva più tenersi tutto dentro.

«Ricordi gita a cavallo?»

Cesare abbozzò un sorriso.

«Me la ricordo perfettamente».

Alfred sorrise a sua volta di fronte alla prontezza della risposta. «Beh, come dire, anche me piacciono i garofani verdi».

Per un attimo l'espressione di Cesare rimase impassibile, come se non avesse sentito bene quelle parole; poi il suo volto si distese. Fece un passo verso Alfred, che questa volta non si ritrasse. Rimase con i piedi ben piantati a terra.

Cesare gli sfiorò una guancia con le dita, solleticandolo.

«Non sai da quanto tempo desideravo sentirti dire queste parole».

Quel contatto lo fece rabbrividire di piacere e di sgomento. Qualcuno li stava forse vedendo dalla finestra del salotto? Non avrebbero potuto; nell'angolazione in cui si trovavano, solo chi li stesse osservando di proposito avrebbe potuto scorgere qualcosa.

Il bacio di Cesare interruppe quel flusso di pensieri. Le sue labbra erano morbide e sapevano di menta e tabacco, che si mischiavano alla sua solita fragranza di pino silvestre in una sensazione indefinibile. La bocca di Alfred si unì a quei movimenti rispondendo ai suoi stimoli.

Le labbra si separarono e per Alfred fu come se fosse scomparsa una parte di sé: ora che si erano uniti, separarsi era doloroso.

«Anche questo volevo farlo da tanto tempo», disse Cesare. «Dalla gita a cavallo. Abbiamo tanto tempo da recuperare».

«Lo so» Alfred si toccò la bocca, come se non si capacitasse di quello che era accaduto.

«Ah, quasi dimenticavo».

Cesare infilò la busta con gli spartiti in una tasca della giacca e dall'altra tirò fuori un piccolo cilindro di legno.

«Questo è per te».

Un regalo. Qualunque cosa fosse, non avrebbe mai eguagliato quello che gli era appena stato donato. Svitò il tappo superiore ed estrasse una statuetta di bronzo: raffigurava un giovane che in una mano reggeva un grappolo d'uva, nell'altra un calice.

«Dioniso!» Gli occhi gli si inumidirono. «Ma è bellissima».

Cesare infilò le mani nelle tasche dei pantaloni.

«Con la visita al museo ho notato che apprezzi soprattutto la scultura, così ho pensato che poteva essere un regalo azzeccato».

Alfred avvicinò la statuetta agli occhi. Il bronzo era molto lucido, ci si poteva specchiare. Era rifinita in ogni dettaglio: i riccioli, le decorazioni della coppa, le linee dei muscoli. Ai suoi piedi c'era una donna nuda, che si portava gli acini d'uva alla bocca.

«N-non so cosa dire. Grazie».

Si sarebbe buttato su di lui e avrebbe continuato a baciarlo, se solo avesse avuto la libertà di poterlo fare.

# Nox

*Bella è la notte. Ne li oscuri platani*
*l'aure spiranti da la riva fremono;*
*surge tra i monti la pia luna, e illumina*
*le floree valli placida.*

*Bella è la notte. L'acque riscintillano*
*inerti là tra mezzo a canne e a vimini;*
*i vipistrelli spersi ne 'l silenzio*
*voli sghembi ricamano.*
*(Gabriele D'Annunzio, Primo Vere)*

*Salone Regina Margherita, Roma. Domenica 15 marzo 1914*

Il presentatore sul palco si aggiustò le falde del cilindro. «E ora, signore e signori, è arrivato il momento più atteso della serata. Ecco a voi le danzatrici del ventre!»

Uno scroscio di applausi riempì la sala del *café chantant*, mentre sul palco salirono quattro ballerine dai capelli neri e la pelle ambrata. Indossavano reggiseni porpora con ricami d'argento, dai quali pendevano lunghi filamenti di tessuto; la loro pancia era scoperta e un velo – sempre color porpora – copriva le gambe.

«Direttamente dalla lontana terra d'India, diamo il benvenuto alle allieve di Mata Hari, non meno brave e sensuali della loro leggendaria maestra».

L'orchestrina sul palco iniziò a suonare con percussioni e tamburelli; le ballerine si muovevano seguendo il ritmo dei musicisti, all'inizio molto lento e poi sempre più veloce.

Cesare ghignò e si lasciò andare sulla sedia.

«Se sono allieve di Mata Hari, io sono allievo di Bach».

Alfred agitò i cubetti di ghiaccio dentro il suo bicchiere di acqua tonica e gin. Che noia, ma era tutto lì? Quello spettacolo non prometteva niente di emozionante; aveva preferito di gran lunga gli eleganti musicisti in frac che si erano esibiti prima. Che c'era di bello nel guardare donne seminude che muovevano la pancia? Davvero tutti gli uomini in sala stavano sbavando per un puro istinto sessuale? Avrebbe voluto non essere *uranista* per qualche istante solo per sapere se quella vista avesse effetto anche su di lui.

Le ballerine costruirono una coreografia simmetrica muovendosi in perfetta sincronia. Tra il pubblico si levarono applausi e fischi di ammirazione.

«Però sono brave» Cesare continuava a tenere gli occhi incollati al palco.

Alfred sogghignò. Sì, certo, tanto brave quanto lo era lui ad andare a cavallo.

«Sì, non sono male».

Le luci si abbassarono. La penombra conferiva alle ballerine un'aria più misteriosa. Anche la musica diminuì sempre più di intensità, fino a diventare un tappeto sonoro appena percettibile. Il pubblico sembrava trattenere il fiato.

Alfred si mosse sulla sedia, le natiche cominciavano a dolergli. Doveva essere il culmine dell'esibizione, la calma prima dell'esplosione finale. Meno male, così sarebbe finita presto. Le luci si riaccesero all'improvviso: le ballerine erano scomparse e il palco era vuoto. La musica si interruppe.

Cesare si guardò intorno.

«Ma dove sono finite?» Aveva un'aria delusa, probabilmente non si aspettava una conclusione simile.

La musica ripartì all'improvviso con un tuonare di percussioni, e le ballerine rientrarono. Il pubblico applaudì e pestò i piedi per terra; il tavolino tremolò un poco. Le danzatrici fecero un giro del palco, salutarono il pubblico e tornarono dietro le quinte.

Gli occhi di Cesare brillavano e un sorriso rivelava i denti bianchi.

«Bravissime!» Si stava spellando le mani a forza di applausi.

Alfred si scrocchiò le dita. Maledette ballerine. Stavano rubando l'attenzione del suo amato. Che fosse merito di quelle curve così prosperose messe ben in mostra? Così diverse dalla sua magrezza e spigolosità nascoste sotto gli abiti? Si costrinse a sorridere e ad applaudire: non si sarebbe lasciato rovinare quella serata meravigliosa così facilmente.

Il presentatore tornò sul palco.

«E ora, dopo questa sensazionale esibizione, diamo il benvenuto all'orchestra *Belli & Co*, guidata direttamente da Guglielmo Janni, pronipote del poeta Giuseppe Gioacchino Belli».

Sul palco entrò un ragazzo che sembrava avere poco più di vent'anni. Prese un leggio di ferro e ci mise sopra alcuni fogli spiegazzati e ingialliti; al lato del palco, i musicisti iniziarono a prendere i loro posti.

Il presentatore fece un gesto verso il complesso.

«Reinterpreteranno in chiave musicale alcuni sonetti del grande poeta romano. Buon ascolto».

Si voltò e scese dal palco.

Il ragazzo sfogliò le pagine sul leggio e si schiarì la voce. Aveva i capelli spettinati e un viso rotondo.

«Vorrei cominciare con una delle mie poesie preferite scritte dal mio bisnonno. Si intitola *Li soprani der monno vecchio*».

Il pianoforte iniziò a suonare una melodia di sottofondo molto ritmata, a cui si aggiunse il suono del mandolino e della voce del cantante.

*C'era una vorta un Re cche ddar palazzo*
*mannò ffora a li popoli st'editto:*
*"Io sò io, e vvoi nun zete un cazzo,*
*sori vassalli bbugiaroni, e zzitto.*

Iniziò a suonare anche il violino: la musica si faceva sempre più vivace.

*Io fo ddritto lo storto e storto er ddritto:*
*pòzzo vénneve a ttutti a un tant'er mazzo:*
*Io, si vve fo impiccà nun ve strapazzo,*
*ché la vita e la robba io ve l'affitto.*

«Il pianista è terribile», Cesare fece una smorfia. «Sbaglia tutto, non va minimamente a tempo».

*Chi abbita a sto monno senza er titolo*
*o dde Papa, o dde Re, o dd'Imperatore,*
*quello nun pò avé mmai vosce in capitolo!"*
*quello nun pò avé mmai vosce in capitolo!"*

Cesare si alzò e fece lo slalom tra i tavoli del locale verso il palco. La gente si voltava verso di lui; il cantante gli lanciò un'occhiata sospettosa.

*Co st'editto annò er Boja per ccuriero,*
*interroganno tutti in zur tenore;*
*e arisposeno tutti: "È vvero, è vvero!"*
*e arisposeno tutti: "È vvero, è vvero!"*

Salì sul palco, andò verso il pianista e si chinò su di lui. Quello lo guardò con aria interrogativa, senza smettere di suonare. Cesare gli si avvicinò ancora di più e gli mormorò qualcosa all'orecchio. Il pianista smise di suonare. Il cantante si voltò e anche gli altri si interruppero. Il pianista guardò i suoi compagni e si alzò dal pianoforte allargando le braccia.

Dal pubblico provenivano mormorii di disapprovazione.

«Ehi, ma che succede?»

«Chi è quello?»

Cesare si mise seduto al pianoforte. Fece ondeggiare le dita a mezz'aria e iniziò a strimpellare la stessa melodia di quello stornello, ma in modo molto più vivace e più a tempo. Gli altri musicisti capirono al volo quello che stava succedendo e ricominciarono a suonare e a cantare.

*C'era una vorta un Re cche ddar palazzo*
*mannò ffora a li popoli st'editto:*
*"Io sò io, e vvoi nun zete un cazzo,*
*sori vassalli bbugiaroni, e zzitto.*

Gli occhi di Alfred si inumidirono per l'emozione: quello era il suo uomo. Gli veniva da ridere per quanto era contento. Che virilità, che padronanza di sé! Il gonfiore di un'erezione gli tirò i pantaloni chiari: non vedeva l'ora di trovarsi da solo con il suo amato. Gli tornò alla mente quando avevano amoreggiato nella cabina della boutique di Lazaro Bloch sul Corso, qualche giorno prima, quando Cesare gli aveva regalato il vestito che stava indossando. L'erezione si indurì ancora di più. Alfred accarezzò i petali del narciso finto all'occhiello. Avrebbe preferito un fiore vero, ma almeno quello non sarebbe appassito.

*e arisposeno tutti: "È vvero, è vvero!"*
*e arisposeno tutti: "È vvero, è vvero!"*

La canzone terminò; un'ondata di applausi investì l'orchestrina. Il cantante si inchinò e fece l'occhiolino a Cesare. Sicuramente non si aspettava che fosse così bravo. Fece un cenno al musicista con la fisarmonica, che attaccò un altro stornello. Cesare gli andò subito dietro con il pianoforte.

*L'ommini de sto monno sò ll'istesso*
*Che vvaghi de caffè nner mascinino:*
*C'uno prima, uno doppo, e un antro appresso,*
*Tutti cuanti però vvanno a un distino.*

***

Cesare tornò al tavolo tutto trafelato; la luce dei lampadari metteva in risalto il suo viso arrossato.

Alfred si alzò e lo abbracciò, fregandosene di quello che avrebbe potuto pensare la gente.

«Sei stato eccezionale».

Il suo profumo si mescolava all'odore acre del sudore.

«È stata una passeggiata».

Si sciolse dall'abbraccio e tornò al suo posto. Aggiustò il colletto della camicia bianca e lisciò le maniche un po' stropicciate della giacca.

Erano al centro dell'attenzione. Dai tavoli accanto al loro, alcuni gli lanciavano occhiate fugaci, altri bisbigliavano con una mano davanti alla bocca e ridacchiavano. Che potevano mai star dicendo? Forse non avrebbe dovuto lasciarsi andare a quell'effusione in pubblico, ma non ce l'aveva fatta a trattenersi.

Un signore alzò il bicchiere e lo allungò verso Cesare come per brindare a distanza. Lui rispose al brindisi e buttò giù il fondo di vino rimasto nel calice; perfino il suo pomo d'Adamo riusciva a muoversi con grazia.

«Ehi, Alfred!»

Sobbalzò nel sentire urlare il proprio nome: la voce gli era familiare. Chi poteva essere? Si voltò e si ritrovò Leonardo che si avvicinava facendo lo slalom tra i tavoli, accompagnato da una ragazza molto elegante. Un momento, ma la ragazza era Flaminia! Aveva i capelli pettinati in modo diverso dal solito, con una scriminatura al centro e ornati con un fiocco rosa. Un'ondata di imbarazzo gli riempì lo stomaco. Che diavolo ci facevano loro due lì insieme?

«Che sorpresa!» Leonardo rise e scosse la testa. «Non mi aspettavo di trovarti qui», si voltò verso Cesare e chinò un po' il busto in avanti per farsi udire. «Bella prova. Ma è stata un'improvvisata o faceva parte dell'esibizione?»

«La prima. Non sopporto chi suona così male il pianoforte», fece poi un cenno verso Flaminia. «Sorellina, non sapevo uscissi con qualcuno».

Lei stirò le labbra in un sorriso finto.

«Potrei dire lo stesso di te».

Leonardo si diede una pacca sulla fronte.

«Ah, ma quindi tu sei quel Cesare! Alfred mi ha parlato spesso di te».

Nell'udire il suo nome, Alfred si riscosse dallo stupore. Accidenti, doveva essere lui a fare le presentazioni. Non poteva fare la figura del maleducato.

«Lui è Cesare, membro di famiglia che mi accoglie», indicò poi Leonardo. «E lui è Leonardo, un mio compagno di università».

Flaminia era tutta rossa in viso e affondava le unghie nella pelle della borsetta che stringeva tra le mani. Doveva essere molto in imbarazzo, almeno era un sentimento che condividevano. All'incrociarsi dei loro sguardi, lei abbassò gli occhi.

Leonardo strinse la mano di Cesare così a lungo che sembrava volerla portare a casa.

«Dopo che sei sceso dal palco ti stavo seguendo con lo sguardo per capire dove andassi, e chi ritrovo al tavolo con te?» Si voltò verso Alfred e lo indicò. «Lui!» Poi esplose in una risata; il suo fiato sapeva di vino anche a quella distanza. «Da non crederci. Questa la devo raccontare agli altri», si voltò verso Flaminia. «Tu ti saresti mai aspettata di incontrarli?»

Lei sorrise e scosse la testa.

«Decisamente no».

Alfred strinse le labbra. Chissà se aveva intuito qualcosa su di loro. Del resto, chi poteva starsene in coppia in un *café chantant* come il Regina Margherita se non due amanti? Sperò che Leonardo avesse bevuto davvero tanto quella sera: se fosse stato fortunato, si sarebbe dimenticato di quell'incontro dopo una bella dormita. L'ultima cosa che voleva era che si diffondesse tra i colleghi universitari la voce di loro due insieme in un locale notturno.

Anche solo come amici.

Cesare si rigirò il calice vuoto tra le dita. Conoscendo la sua loquacità, se non parlava voleva dire che era infastidito.

Probabilmente Leonardo se ne accorse.

«Va bene, allora vi lascio», allungò un dito verso Alfred. «Ci vediamo in università».

Posò una mano sulla schiena di Flaminia e insieme tornarono a mischiarsi nella folla della sala.

Cesare appoggiò il calice sul tavolo, sgranò gli occhi e sbuffò.

«Ma quel pagliaccio lo vedi tutti i giorni?»

«Quasi tutti».

Avrebbe voluto dire qualcosa riguardo a Flaminia, al significato della sua presenza insieme a un ragazzo in un posto del genere, ma non si decise a parlare.

«Come fai a sopportarlo?»

«Sono tanto paziente», si immerse nei grandi occhi verdi di Cesare. «Forse è mio più grande difetto».

# In un mattino di primavera

*– Non ti destare, non ti destare – pregai nel segreto cuore – se vuoi ch'io t'ami! Sieno per sempre chiuse queste tue labbra; e ancora, ancora saranno divine.*
*(Gabriele D'Annunzio, Elegie Romane)*

*Stanza di Cesare. Lunedì 16 marzo 1914*

Sdraiato al centro del letto su un fianco, Alfred accarezzava i peli della pancia di Cesare, che circondavano l'ombelico in ciuffetti scuri. Il piacere del dolce risveglio assieme gli inebriava le membra. Sorrise al pensiero delle prime volte in cui si era ritrovato nudo in quel letto, con la sensazione del corpo di Cesare accanto e il terrore che chiunque potesse entrare da un momento all'altro.

Cesare stava sfogliando l'edizione Reclam del *Werther* che Alfred si portava sempre dietro e represse uno sbadiglio.

«Come hai detto che si intitola?»

Gli tolse un batuffolino di cotone rimasto impigliato nell'ombelico e lo soffiò via.

«*Le sofferenze del giovane Werther*».

O era *I dolori del giovane Werther*? Non si ricordava come fosse stato tradotto in italiano.

«Di che parla?»

«Parla di questo Werther che un giorno lascia cortile di principe dove stava e si ritira in un paese».

«Cortile?» Cesare ghignò. «Forse volevi dire "corte"».

Alfred avvampò.

«Sì, già, la corte». Sarebbe mai riuscito a parlare una buona volta senza fare questi errori imbarazzanti?

Cesare passò un dito sul bordo esterno del libro e fece girare velocemente le pagine. Sembrava le stesse sventolando per farsi aria.

«Dai, continua».

Il fianco stava iniziando a dolergli. Si mise a sedere con la schiena sul cuscino divenuto fresco.

«Nel paese incontra Lotte, una povera ragazza con tanti fratelli. Lei deve sposare Albert, uomo con tanti soldi, però Werther si innamora in lei e inizia a ricevere problemi, sia da Albert che da genitori».

Cesare chiuse il libro e passò il dito sul dorso sfibrato della copertina, dove c'erano i piccoli caratteri gotici del titolo.

«E come finisce?»

«Non vuoi leggere?» L'idea di rivelargli il tragico finale gli strinse lo stomaco. «Posso cercare versione in italiano».

«Non mi piace leggere, mi annoio dopo tre pagine», Cesare posò il libricino sul comodino e si voltò sul fianco. «Dimmi solo come va a finire».

Se proprio insisteva…

«Werther uccide sé stesso. Riconosce che Lotte non può essere sua, che una vita senza lei è una vita sofferente».

Cesare fece una smorfia e scalciò via le coperte.

«Che stupidaggine. Chi si suicida per amore è solo un debole».

Si alzò e raccolse i pantaloni dal pavimento.

Quelle parole acuirono la stretta allo stomaco.

«Non sempre, credo», come faceva a esprimere un giudizio così superficiale e frettoloso? «Certe sofferenze sono troppo forti per continuare in vita».

«Solo le ferite della carne portano alla morte», Cesare si strinse la cintura e prese la camicia dalla sedia. «L'amore in sé non può uccidere nessuno».

Molti innamorati non sarebbero stati per niente d'accordo con quelle parole. Alfred si morse la lingua e scacciò via quel pensiero. Non poteva rovinare con un litigio quella sensazione di benessere che si era impadronita del suo corpo. Si alzò a sua volta. Il freddo della stanza gli punse la pelle nuda.

Cesare si abbottonò la camicia azzurrina.

«Stamattina devo fare dei giri con Elena, poi però mi libero. Ti va di pranzare insieme?»

*Scheiße!* Proprio oggi che aveva i corsi fino alle quattro.

«Non posso. Domani?»

«Domani non posso io», Cesare si ravvivò con le dita i riccioli davanti allo specchio. «Non li puoi saltare i corsi per una volta?»

«Non so. Sono ricominciati da poco e...»

«Va bene, ho capito», Cesare fece un gesto con la mano e si infilò la giacca grigio chiaro. «In ogni caso sono a Villa Borghese verso ora di pranzo. Se vuoi ci vediamo lì, altrimenti sarà per un'altra volta», gonfiò il petto e si abbottonò la giacca. «Anche perché la sera devo di nuovo incontrare Elena».

Quelle parole lo fecero ribollire di gelosia. Possibile che passasse così tanto tempo con quella lì? D'accordo che il matrimonio si stava avvicinando, però...

«Fammi sapere».

Cesare aprì la porta, guardò a destra e sinistra e se la chiuse alle spalle.

Alfred rimase nudo nella stanza di Cesare, il pene ancora umidiccio e tutto rattrappito dal freddo. Che doveva fare, andare lo stesso ai corsi o saltarli per incontrare il suo amato? Non poteva scegliere, aveva voglia di fare entrambe le cose.

Prese l'orologio: segnava le otto e un quarto. Come poteva essere già così tardi? Non ce l'avrebbe mai fatta ad arrivare all'università per le nove. Al diavolo, ci avrebbe pensato dopo al pranzo a Villa Borghese. Ora aveva le sue cose a cui badare: cose che però gli apparvero all'improvviso così futili e prive di attrattiva.

Si infilò la camicia di tela batista che aveva indossato la sera precedente, regalatagli da Cesare qualche tempo prima: conservava ancora un po' l'odore del suo amato. La cosa lo eccitava.

Si allacciò i bottoni di madreperla. Chissà se poi Flaminia aveva effettivamente capito cosa stesse succedendo tra loro due. Ma chi se l'aspettava di incontrarla in quel locale con Leonardo? Doveva veramente averle inviato quella lettera. Sorrise e si sistemò il colletto. Dopotutto, era riuscito nel suo intento.

Fece il giro del letto e recuperò il *Werther* dal comodino. Passò le dita sui caratteri gotici della copertina, lì dove anche Cesare aveva posato le sue. Lo sconforto tornò a dissipare gli ultimi residui di piacere e di benessere rimasti nel suo corpo. In fondo, la sua vicenda non era poi così diversa da quella dell'eroe romantico di Goethe. Sperò solo che avesse un finale diverso.

***

Alfred entrò nell'aula affollata; i pochi posti liberi erano tutti al centro delle file. La lezione di storia dell'arte del professor Moscati era già iniziata da un pezzo. *Verdammt!* Non era mai arrivato così in ritardo. Ora come faceva a sedersi?

Alla cattedra, il professore smise di parlare e lo guardò con espressione contrariata. Si schiarì la voce e si voltò di nuovo verso gli altri studenti.

«E ora, dopo questa breve introduzione su Orazio Gentileschi, passerei a esaminare la figura della figlia Artemisia, la quale in vita godette di grande fama, sebbene, come vedremo ora, nel corso degli anni e dei secoli questa sia andata sempre più scemando».

Alfred sbirciò tra i volti degli studenti. Leonardo era seduto in quinta fila, accanto a lui c'era un posto vuoto. Si avvicinò a un ragazzo seduto al posto più esterno.

«Scusa, posso entrare?»

Il ragazzo smise di scrivere, gli rivolse un'occhiataccia e sbuffò. Si alzò per lasciarlo passare.

«Grazie. Scusate. Grazie».

L'imbarazzo gli fece diventare il volto di brace.

Moscati sfogliò alcune carte sulla cattedra.

«In ogni caso si può ben dire che il talento della figlia superasse di gran lunga quello del padre, che per lei rivestì anche la figura di mentore, dal momento che ella avrebbe goduto di numerose committenze non solo in tutta Italia, bensì anche all'estero, come per esempio in Inghilterra».

Raggiunse Leonardo, che aveva lo sguardo di chi scorge un'oasi nel deserto.

«Ehi, non pensavo più di vederti oggi».

«Già, tram non è passato».

La piccola menzogna lo fece sentire in colpa. Chissà se avrebbe detto qualcosa riguardo alla sera precedente. Si mise seduto e prese il quaderno dalla borsa.

«Cosa ho perso?»

Leonardo si strinse nelle spalle.

«Niente di interessante, solo noiosi giri di parole».

Sul suo foglio era tracciato un groviglio di scarabocchi.

Il professore si tolse gli occhiali e li pulì con la manica della giacca.

«Da non dimenticare che, per l'epoca, essere una pittrice donna voleva dire affrontare delle difficoltà inesistenti per un pittore uomo».

Alfred prese la sua stilografica Pelikan. A quanto pare, Leonardo non avrebbe tirato fuori l'argomento. Che se ne fosse davvero dimenticato per via dell'alcool? Iniziò a riempire le pagine di parole; la sua grafia si distorceva per la velocità. Tanto meglio. Ora doveva solo recuperare il tempo perduto e non pensare a Cesare. Se avesse scritto abbastanza rapidamente, forse sarebbe riuscito a fare entrambe le cose.

Il professore inforcò di nuovo gli occhiali.

«Questo, però, non deve portare al grossolano e molto comune errore di interpretare la sua pittura solo da un punto di vista di genere, ovvero anteponendo il fattore biografico, tra cui la famigerata e chiacchieratissima vicenda dello stupro, alla sua opera, che invece deve essere analizzata e sviscerata in maniera indipendente, slegata da essa».

«Che noia, Moscati proprio non lo sopporto» mormorò Leonardo; abbandonò la penna sul foglio e appoggiò la testa sul palmo.

Alfred continuava a scrivere; la mano iniziava a dolergli. Moscati non gli dispiaceva come professore. Certo, forse la sua voce bassa era un po' monotona e il suo linguaggio complesso rendeva i suoi discorsi difficili da seguire, però quelle frasi lunghe e interminabili, molto vicine a quelle della sua lingua, gli trasmettevano un senso di familiarità.

«È tuttavia anche vero che i suoi dipinti risentono in maniera importante di questo spaventoso trauma, riflettendosi sia sulla scelta dei soggetti ritratti, sia sullo stile pittorico adottato, il quale è in tutti i suoi dipinti o quasi di chiara ed evidente ispirazione caravaggesca».

*Caravaggesca.* La sua mano incespicò su quella parola bizzarra. Come si scriveva? Ne approfittò per smuovere un po' le dita che si andavano rattrappendo. Posò la Pelikan e prese l'orologio dal taschino: erano le dieci passate. Dì lì a breve, Cesare sarebbe rimasto da solo ad aspettarlo a Villa Borghese. Avrebbe sperato nel suo arrivo. Quanto sarebbe rimasto lì? Un'ora, mezz'ora, qualche minuto? Già era in ritardo. L'ansia gli attanagliò lo stomaco. Se davvero fosse rimasto ad aspettarlo o se invece, non vedendolo, se ne sarebbe andato.

Asciugò la punta della stilografica sulla carta assorbente. Tanto aveva perso il filo del discorso e non era più in condizioni di continuare a prendere appunti.

Leonardo gli si avvicinò.

«Ti sei stufato anche tu, eh?» Il suo fiato sapeva di liquirizia.

«Basti pensare al suo olio su tela intitolato *Giuditta e Oloferne*», continuò il professor Moscati, «di dimensioni contenute ma dalla grandezza eccelsa, che riprende e rielabora il soggetto dell'omonimo dipinto del Caravaggio filtrandolo attraverso la sua particolare esperienza personale. È infatti indubbio che questo dipinto rappresenti una sorta di contraltare dello stupro subito, un ribaltamento e anche una vendetta, possiamo dire, in cui la vittima diventa carnefice e il carnefice diventa vittima, perendo tramite una violenza ancora più atroce di quella commessa».

Alfred tirò di nuovo fuori l'orologio e ricontrollò l'ora. Di lì a poco, Cesare lo avrebbe aspettato, tutto solo, e lui continuava a stare in quell'aula sempre più piccola, sempre più chiusa.

«Ho bisogno di aria fresca».

Gettò quaderno e stilografica nella borsa.

«Ehi, ma dove te ne vai?» esclamò Leonardo. Gli rivolse un'occhiata maliziosa. «Non dovrai mica vederti con qualcuno, eh?»

Alfred ebbe un tuffo al cuore. Allora non se ne era dimenticato. Sperò che l'uso del maschile invece del femminile non fosse stato intenzionale.

«No, poi ti spiego», si alzò e si fece strada nella fila da dove era entrato. «Scusate. Grazie. Scusate».

Si vergognò anche di quella piccola bugia: non avrebbe mai potuto spiegargli un bel niente.

«Oh, ma ancora tu?»

«Scusate, scusate» mormorò. Che vergogna, non vedeva l'ora di sparire.

Uscì dalla fila. Sperò che il professore si limitasse a guardarlo male come aveva fatto all'inizio.

«Lei, mi scusi».

Alfred strinse i denti al suono della voce di Moscati. Ecco, questa non ci voleva.

«Ma le sembrano modi, questi?» Si tolse gli occhiali e sollevò i palmi al cielo. «Non solo è arrivato in ritardo, ma se ne va pure a metà lezione. Mi dica lei se questo può essere un comportamento accettabile».

Abbassò gli occhi.

«Mi scusi».

Dopo quella figuraccia non avrebbe più osato guardarlo negli occhi. E la cosa peggiore era che il professore aveva perfettamente ragione.

«Ne riparleremo in sede di esame. Ora esca, se proprio deve andare».

Non se lo fece ripetere, corse fuori dall'aula, attraversò il corridoio sgombro e uscì in cortile. *Ach*, quell'aria frizzantina avrebbe guarito ogni malessere, la respirò a pieni polmoni. Era libero e Cesare lo stava aspettando.

Attraversò il portone d'ingresso e uscì in strada. E se Cesare se ne fosse già andato? Se il pranzo di Elena fosse stato annullato? L'ansia tornò a stringergli lo stomaco in una morsa. Doveva sbrigarsi e arrivare a Villa Borghese il prima possibile.

Un tram gli passò davanti sferragliando. Eccone uno! Gli corse dietro fino alla fermata e ci salì sopra senza neanche leggere dove fosse diretto.

***

I sampietrini erano ancora scivolosi dalla pioggia del tardo pomeriggio. Alfred oltrepassò di corsa la fontana del Tritone ed entrò nel palazzo. Puntò verso le scale senza neanche salutare il portiere. Maledizione, come aveva potuto fare così tardi per la cena? Stare fuori con Cesare gli aveva fatto perdere la cognizione del tempo.

Al primo pianerottolo aveva già il fiatone. Era stato uno sciocco a trattenersi così a lungo, senza calcolare il tempo che serviva per tornare a casa. Nonostante l'incomprensione di quella mattina, Cesare gli faceva proprio perdere la testa: passeggiare con lui, ridere e scherzare insieme lo trasportava in un altro mondo, nel loro Paese delle Meraviglie privato, e gli faceva perdere la voglia di tornare in quello reale.

Corse lungo il corridoio e suonò il campanello dell'appartamento.

Gli aprì Gisella, sul viso uno sguardo di rimprovero.

«La cena è già pronta».

«Mi scusi».

Si tolse il cappello, appese il cappotto all'attaccapanni e andò in sala da pranzo. L'ansia accentuava il fiatone della corsa. Non aveva le forze per subire la lavata di testa che lo aspettava.

Il signor Palleschi tamburellava con le dita sul tavolo, la moglie guardava in basso e Flaminia faceva passare il dito sul bordo del bicchiere: nei loro piatti c'era la minestra ancora intatta.

Alfred si schiarì la voce e si sedette al suo posto.

«Scusate per ritardo».

«Ah, eccolo qui. Mancavi solo tu».

«Mi dispiace».

Abbassò lo sguardo sul piatto e si mise il tovagliolo nel bavero a coprire la camicia che gli aveva regalato Cesare col narciso finto all'occhiello. Forse se la sarebbe cavata con poco, dopotutto.

Palleschi intinse il cucchiaio nella minestra e risucchiò una cucchiaiata di brodo.

«Come va con l'università?»

«Bene, ho superato ogni esami di semestre invernale», riempì il cucchiaio e assaggiò la minestra: era tiepida e aveva il sapore dell'estratto di carne Liebig. «Ora devo fare gli altri».

«Molto bene, mi fa piacere». Il suo viso era contratto; rimescolò nella minestra come se non avesse molto appetito.

Alfred mandò giù un altro cucchiaio. Non lo aveva mai visto così rabbuiato; in fondo, aveva solo fatto tardi per cena.

Il signor Palleschi si pulì la bocca con il tovagliolo.

«Mi chiedevo come mai tu e mia figlia non tornate più a casa insieme».

Alfred si bloccò con il cucchiaio a mezz'aria. Ecco allora di cosa si trattava davvero. Sorbì la minestra e si voltò verso Flaminia che ricambiò l'occhiata e tornò a osservare il piatto.

«Lo dico solo perché era bello vedervi in compagnia, mi dava...», schioccò le dita. «Come dire, un senso di unità familiare».

*Scheiße!* E ora? Lo aveva scoperto. O aveva intuito che qualcosa fosse cambiato. Bevve un sorso d'acqua tiepida. Lo sapeva che avrebbe dovuto essere più attento, si era lasciato trasportare troppo dalla passione per Cesare e aveva destato troppi sospetti. Era stato imprudente.

«Papà, ma è normale che i corsi si fanno più lunghi con gli esami in arrivo. Soprattutto nel secondo semestre», Flaminia guardò Alfred. «Non è vero?»

«Sì, esatto. D-devo passare più tempo in *Uni*».

Il signor Palleschi addentò un pezzo di pane bianco e masticò con lentezza: sembrava che stesse soppesando quelle parole, come se dovesse decidere se avessero il sapore della verità o della menzogna. Deglutì.

«È normale, il periodo degli esami è sempre quello più impegnativo», fece spallucce e si mise in bocca il resto del pane. «Vuol dire che mi metterò l'anima in pace».

Alfred tirò un sospiro di sollievo; Flaminia tornò a mangiare con aria impassibile. Le era grato per avergli dato una mano, ma perché lo aveva fatto? Voleva forse dimostrargli di aver capito tutto della sua relazione con Cesare, come aveva sempre temuto?

Sorbì l'ultimo cucchiaio di minestra, ormai del tutto fredda. Certe volte le donne erano proprio indecifrabili.

# Dal monte Pincio

*Mite risplendi, o Roma. Cerulea sotto l'azzurro,*
*tutta ravvolta in velo tenue d'oro, giaci.*
*(Gabriele D'Annunzio, Elegie Romane)*

*Terrazza del Pincio. Domenica 12 aprile 1914*

Alfred si appoggiò con i gomiti alla balaustra di marmo che dava su piazza del Popolo, affollata da gruppetti di passanti e carrozze, sia in movimento sia ferme attorno all'obelisco, con i vetturini in attesa di clienti. Il sole, coperto da qualche nube, si stava abbassando verso ovest, facendo risaltare in controluce la cupola di San Pietro in lontananza. *Wunderbar...* Inspirò a fondo il vento caldo di quel pomeriggio, che scompigliava le chiome dei lecci e i suoi capelli sotto il cappello. Si sarebbe mai stancato di quella vista?

Uno scricchiolio di tacchi a contatto con la ghiaia. Flaminia e Leonardo, che camminavano a braccetto, gli si affiancarono.

Leonardo si scostò dalla fronte una ciocca di capelli castani e la rimise sotto il cappello di feltro.

«A costa stai pensando, vecchio filosofo, eh?»

Alfred si voltò e appoggiò la schiena alla balaustra. Quella domanda era capace sempre di confonderlo.

«Niente particolare».

Se avesse rivelato anche solo metà dei suoi pensieri usuali, lo avrebbero preso per pazzo.

Flaminia teneva le mani sulla borsetta di velluto blu e gli occhi fissi sull'orizzonte, immersa nei suoi pensieri. Abbozzò un movimento con le labbra, come se volesse dire qualcosa, ma rimase in silenzio.

Qualche passo più in là, Cesare sfiorò con un dito la manica del vestito color ambra di Elena.

«Ti ho già detto che ti sta molto bene?»

«Solo cento volte oggi», lei alzò gli occhi al cielo. «Non ti sopporto più».

«Allora te lo dico per la centunesima».

Alfred tornò a guardare il panorama e sospirò. Erano giorni che non faceva l'amore con Cesare, sempre impegnato nei preparativi di quel maledetto matrimonio ormai imminente. L'astinenza lo stava facendo diventare matto, era così pieno di desiderio da esplodere. Che strana la vita: era stato senza un compagno per più di vent'anni e ora trascorrere qualche giorno nel letto senza il calore del corpo del suo amato gli appariva insopportabile. Si rosicchiò l'unghia del pollice. Tutta colpa di quella stupida gallina dal sangue blu. Gli venne da ridere al pensiero di aver goduto di Cesare in modi che lei non si sarebbe mai nemmeno sognata. Chissà se si stavano risparmiando per il matrimonio oppure no.

Una mano di Flaminia si alzò a togliergli il pollice dalla bocca.

«Attento, ti si rovinano le mani».

Alfred sorrise a quella premura materna.

«Hai ragione».

Fino a qualche settimana prima sarebbe stato impensabile ricevere un'attenzione simile da parte sua; eppure, dopo che lo aveva salvato dalle osservazioni del padre, aveva ritrovato con lei quella confidenza che era andata perduta. Aveva perfino accarezzato l'idea di confidarsi e sfogarsi con Flaminia nei momenti in cui Cesare diventava sgradevole, momenti che si stavano facendo sempre più frequenti, ma chissà come avrebbe potuto reagire Leonardo... Meglio non rischiare.

Il gorgoglio della pancia lo distolse da quei pensieri. Il pranzo di Pasqua non lo aveva ancora digerito. Quasi peggio del cenone natalizio.

«Camminiamo un po'?»

Leonardo sbadigliò e si sgranchì le braccia.

«Magari. Stare troppo tempo fermo mi fa addormentare».

Elena schiaffeggiò per scherzo le mani di Cesare che la stringevano alla vita; lui si finse dolorante e la lasciò andare, ma la fidanzata gli si avvicinò nuovamente, gli afferrò i polsi e se li rimise sui fianchi. Tutte immagini che punsero Alfred come spilli, di quelli che utilizzavano i marinai dei romanzi d'avventura per tatuarsi. Distolse lo sguardo e camminò lungo il viale ghiaioso.

«Dai, che altrimenti ci lasciano qui» sentì dire Cesare alle sue spalle.

«E dunque?» trillò Elena. «Che se ne vadano pure».

Lo scricchiolio dei passi sulla ghiaia riempiva il silenzio in cui era caduto il giardino.

«Vieni».

Il tono di Cesare non aveva più nessuna traccia di scherzo.

Alfred rabbrividì. Conosceva bene quella voce: aveva quel tono quando perdeva la sua scarna pazienza.

Flaminia si diresse verso un'aiuola e si chinò a raccogliere qualcosa.

«Oh, guardate, già stanno cominciando a spuntare le margherite».

Afferrò un gambo tra i polpastrelli e con un gesto delicato ne colse una; se la infilò nell'acconciatura e sorrise verso Leonardo, che le accarezzò i capelli.

«Ma guarda come sei carina», si voltò verso Alfred. «Non è uno splendore?»

Lui si affrettò ad annuire.

«Certo».

Flaminia arrossì. Si tolse la margherita e allungandosi sulle punte la infilò sotto il cappello di Leonardo, che si scostò ridendo.

«Ma che fai, scema che non sei altro!» Si tolse il fiore e con un gesto rapido tentò di infilarlo sotto il cappello di Alfred, che si allontanò appena in tempo per evitarlo. La margherita cadde sulla ghiaia. «Secondo me ti poteva stare bene».

Alfred si chinò a raccoglierla e, senza pensarci, la rimise tra i capelli di Flaminia. Solo dal sorriso di lei si rese conto che forse avrebbe dovuto restituirgliela in mano.

Alle loro spalle, Cesare si schiarì la voce.

«Continuiamo a camminare?»

Flaminia tornò accanto a Leonardo e insieme presero a passeggiare di fianco a Elena e Cesare. Viste da fuori, erano due splendide coppie. Alfred sentiva un peso allo stomaco. Si incamminò dietro di loro, calciando i sassi che trovava con la punta dei suoi stivaletti neri impolverati. Sarebbe mai riuscito a trovare qualcuno a cui poter dare tutto sé stesso? Qualcuno da amare più della propria persona, più della propria vita? Certo, era riuscito a conquistare Cesare, ma ora stava camminando a braccetto con un'altra persona e questa cosa non la poteva accettare. Il peso gli si fece così opprimente che dovette fermarsi.

Flaminia si voltò, gli si avvicinò e lo afferrò per un braccio.

«Tutto bene? Sei molto pallido».

«Caspita, sei più bianco della tua camicia!» esclamò Leonardo.

«Era solo piccolo giro di testa», Alfred si tolse il cappello e si allargò con un dito il colletto della camicia stretto dalla cravatta. «Deve essere il caldo».

Lei mollò la presa, ma gli rimase vicino.

«Siamo solo ad aprile, ma già non si respira».

Cesare indicò qualcosa alle sue spalle.

«Più giù dovrebbe esserci un chiosco dei gelati. Potremmo andare io e Alfred e prenderne anche per voi».

Sussultò nel sentirsi nominare. Allora non si era dimenticato di lui.

«Vengo io con te», disse Leonardo. «Lui è meglio se si siede da qualche parte».

Cesare lo fermò con un cenno della mano.

«Credo sia meglio se cammina un po' all'ombra, invece di rimanere su una panchina al sole».

I due si fissarono negli occhi. Leonardo sembrava voler ribattere, ma poi si strinse nelle spalle.

«Se lo dici tu».

Alfred si incamminò con Cesare sotto l'ombra delle querce sempreverdi. Il vento caldo soffiava tra i rami facendo frusciare le foglie. Che gli avesse proposto di accompagnarlo perché lo aveva visto sofferente di gelosia? Una premura bellissima. Lo fece sentire in colpa per le cose negative che aveva pensato.

Arrivarono alla fine del viale alberato e giunsero in uno spiazzo in cui si allungavano le ombre dei lecci. Proseguirono verso un piccolo obelisco in lontananza, attraverso un altro viale alberato: ai lati c'erano due file di busti di marmo, tutti poggiati su piedistalli che indicavano il nome del personaggio rappresentato. Manzoni, Raffaello, Colombo, Bramante…

Più avanti, alcuni bambini stavano lanciando contro quei busti con la fionda i sassi del ciottolato. Una pietra colpì il naso di Dante Alighieri e lo mozzò di netto.

«Preso!» urlò un ragazzino esultante alzando le braccia al cielo. Poi li vide arrivare e scappò insieme agli altri.

Cesare non aveva ancora detto una parola. Scosse la testa alla vista di quei teppisti che si erano dati alla fuga, ma non si voltò a guardarlo per ricercarne la complicità. Una fitta di ansia gli punse il fianco. Forse era solo stanco, forse voleva godersi il silenzio della passeggiata. Non bisognava parlare per forza.

Arrivarono a un incrocio, di fronte ai resti di una statua senza testa e senza braccia posta su un basamento di marmo. Nei pressi c'era un chioschetto di gelati: un signore di mezza età porgeva un cono al cioccolato a un bambino con la manina alzata. Cesare, però, si avviò nella direzione opposta.

Alfred rimase immobile. Ma dove stava andando?

«Il chiosco è lì».

Lui continuava a camminare con le mani affondate nelle tasche dei pantaloni.

«Lo so».

E allora, dove lo stava portando? Lo seguì verso un boschetto deserto. Le mani gli sudavano e se le strofinò sul retro dei pantaloni.

Cesare si fermò e si voltò verso di lui: l'ombra degli alberi rendeva i suoi occhi neri.

«Devi farla finita».

Il labbro inferiore iniziò a tremolargli, come quando da piccolo era sul punto di piangere.

«C-che cosa?»

«Devi farla finita», gli si avvicinò; alcuni rametti secchi scricchiolarono sotto le sue scarpe. «Devi lasciare in pace mia sorella».

Alfred fece un passo indietro. Ecco perché ce l'aveva con lui. Doveva aver notato che nelle ultime settimane lui e Flaminia si erano un po' riavvicinati.

«N-non so che cosa stai dicendo».

«E invece lo sai benissimo». Scosse la testa e si portò due dita alla fronte.

«Lei ormai ha trovato un'altra persona, quindi piantala di usarla solo per farmi ingelosire».

Per farlo ingelosire? No, no, no. Stava fraintendendo tutto.

«Non ho usato lei».

Cesare rise con disprezzo. Era un suono agghiacciante.

«Ah, no? E allora, tutti i commenti che fai, tutte le attenzioni che le riservi? La margherita tra i capelli, tanto per dirne una?» Gli puntò un dito contro. «All'inizio potevo anche accettarlo, ma ora non lo posso più tollerare», il suo volto era arrossato, il petto si alzava e abbassava. «Lei ha bisogno di qualcuno che le dia un futuro, e quel qualcuno è Leonardo. Non sei tu».

Alfred lottò per ricacciare dentro le lacrime. Ma con quale coraggio lo stava umiliando in quel modo? Un groppo di saliva gli rimase incastrato in gola. Controllò la respirazione nel tentativo di calmarsi.

«Non ho usato lei. È solo...»

Scosse la testa. Come poteva spiegare a parole, in una lingua straniera, quel sentimento delicato che condivideva con Flaminia? Non sarebbe riuscito a spiegarlo neanche a sé stesso.

Cesare incrociò le braccia al petto.

«Solo cosa?»

«Lei almeno capisce», la sua voce suonò stridula, rotta dalle lacrime represse. «Tu invece no!»

«Che vuoi dire?»

«Che mi tratti come una...», no, non poteva dirlo veramente. Doveva trattenersi. «Come una puttana».

Rimase immobile: lo aveva detto davvero? Anche Cesare sembrava incredulo. Ne approfittò per continuare.

«Avevi interesse solo nel fare sesso con me, in usarmi per tuo divertimento quando avevi tempo libero. Non hai mai avuto interesse in me come persona, perché tu fai questo. Usi le persone, poi le getti via e molti saluti».

Cesare restò impassibile: le labbra erano ancora schiuse, le braccia immobili lungo i fianchi e gli occhi fissi nei suoi.

Le sue parole stavano colpendo nel segno. Gli puntò l'indice contro.

«E osi perfino incolpare me, accusare me di cose mai pensate, per farmi sentire male. Forse speravi che credevo queste false accuse, così da spingere me a chiedere perdono», scosse la testa e il cappello gli volò a terra. «Ma io non lo chiederò mai».

Il petto gli sussultava al ritmo del cuore. Un ronzio nelle orecchie. Raccolse il cappello e fece qualche passo all'indietro, come se quelle frasi avessero creato ancora più distanza tra loro. Non aveva mai provato niente di simile prima. Le parole erano uscite da sole, senza fatica, e la loro eco riverberava nell'aria.

Cesare sembrava una statua, con i lineamenti del viso contratti, quasi di pietra come se fosse uno dei busti che avevano visto prima. Si riscosse dal torpore.

«Tu con me hai chiuso».

Parlò con calma, ma riuscì lo stesso a trafiggergli il cuore.

*Mein Gott.* Che aveva fatto? Da dove gli erano uscite quelle parole? Aveva rovinato tutto.

Gli passò accanto e se ne andò da dove erano venuti. Alfred rimase da solo in quella macchia d'alberi. Un passerotto atterrò davanti a lui, zampettò sul prato con scatti rapidi e spiccò di nuovo il volo.

Il senso di colpa iniziò a farsi strada nelle viscere. Forse aveva esagerato, ma come avrebbe potuto non reagire? Quelle false accuse erano abominevoli. In un certo senso, parlare in quel modo lo aveva liberato da un peso, come se quelle parole, come il passerotto, fossero finalmente volate via dopo aver covato a lungo dentro di lui. Però, quanto faceva male.

Il sole illuminava il viale con la sua luce ormai rossastra. Alfred ripercorse la strada a ritroso, con un'amara consapevolezza che gli gravava sul petto: Cesare poteva benissimo stare senza di lui, ma lui non poteva stare senza Cesare.

# Fantasia pagana

*Io tra le canne alte inseguìati*
*e il cor batteami di desiderio;*
*la febbre de 'l senso pulsava*
*ne l'arterie più calda de 'l sole.*
*(Gabriele D'Annunzio, Primo Vere)*

*Chiesa di Sant'Ivo alla Sapienza, Roma. Venerdì 17 aprile 1914*

«Ma anche di venerdì sera devi studiare?» La voce di Leonardo, stravaccato su una panca, rimbombò tra le pareti della chiesa sconsacrata. «Non dirmi che sei superstizioso».

«Superstizioso?» Alfred prese un grosso volume in cima alla pila poggiata sul pavimento e passò un dito sul dorso sbeccato: neanche questo era la *Geschichte der Kunst des Alterthums* di Winckelmann. «Che vuoi dire?»

«Perché oggi è venerdì diciassette. Non ci avevi fatto caso?»

Quella gli giungeva nuova. Riappoggiò il libro sulla pila. Che in Italia fosse un giorno sfortunato?

«Da noi in Germania è venerdì tredici giorno...», com'è che si diceva? «*Unglücklich*. Non mi viene parola in italiano».

«Unguchelisc cosa?», biascicò Leonardo, senza riuscire a trattenere una risata. «Che lingua bizzarra il tedesco, sembra il suono dei gargarismi. Comunque...», tirò con una schicchera un frammento di cibo grattato dai denti e si alzò. «Passi stasera e passi anche domani sera. Ma martedì», gli puntò contro l'indice, «non voglio sentire scuse. Sarà una serata tra soli uomini».

«Perché?» Una combinazione familiare di consonanti attirò la sua attenzione: *Also sprach Zarathustra* di Nietzsche.

Leonardo si batté le mani davanti al viso e scoppiò a ridere.

«Ah, se solo ti sentissero i miei amici futuristi», si asciugò una lacrima con la nocca dell'indice. «È il Natale di Roma, la festa più importante dell'anno, o almeno così dovrebbe essere».

«*Ach so!* Non mi ricordavo».

Ne aveva sentito parlare. Ma non era forse una festa meno importante rispetto a quelle religiose?

«Allora siamo d'accordo», il volto di Leonardo si fece serio. «Non te l'ho più chiesto, ma va tutto bene?»

Una fitta di imbarazzo strizzò le viscere di Alfred.

«Sì, perché?»

Si chinò a leggere i titoli di alcuni volumi impilati.

«Sai, domenica scorsa mi era sembrato strano che tu e Cesare foste tornati da noi separatamente. Ed entrambi avevate un'aria stravolta. Se è successo qualcosa puoi dirmelo senza problemi».

Lo sapeva che prima o poi glielo avrebbe chiesto. Riacquistò la posizione eretta.

«Grazie, ma tutto a posto. Era solo caldo».

Leonardo si lasciò sfuggire un sorriso.

«Certo. Era davvero molto caldo», fece un cenno col capo verso l'uscita. «Ti lascio lavorare con calma. Buono studio, a lunedì».

Si avviò fuori e i suoi passi echeggiarono nella chiesa impolverata.

Alfred sospirò di sollievo. Probabilmente non era riuscito a convincerlo, ma almeno l'amico aveva avuto il buon senso di non domandare di più.

Afferrò un altro volume, senza copertina e con la rilegatura che si stava sfaldando: una pagina venne via e volò a terra. Neanche questo era il libro che stava cercando. Sarebbe potuto tornare dal bibliotecario della facoltà e farsi aiutare nella ricerca, avrebbe risparmiato molto tempo, eppure gli piaceva destreggiarsi in quell'archivio, tra quel mare di libri che odoravano di antico, leggere i titoli, gli autori e sfogliarne le pagine ingiallite. Lo rilassava. Non ci sarebbe potuta essere medicina migliore per la sua anima ferita.

Il dorso di un volume poggiato su una panca attirò la sua attenzione. Lo aprì e lesse il frontespizio: era lui, Winckelmann! Ed era l'opera che stava cercando, solo in un'edizione italiana intitolata *Storia delle arti del disegno presso gli antichi*. Che strano, il bibliotecario gli aveva garantito che nella chiesa c'era anche una copia in lingua tedesca, ma gli andava bene così. Uscì con il volume sottobraccio e il cuore più leggero. Per la prima volta, dopo il litigio con Cesare.

Attraversò il cortile dell'università, oltrepassò il portone e camminò verso la fermata del tram, tra le vie sinuose e irregolari di quell'angolo di Roma. Si arrestò davanti a una venditrice ambulante, seduta dietro il suo sgangherato banchetto pieno di frittelle. E se non fosse tornato subito a casa? Lì avrebbe incontrato Flaminia, avrebbe sicuramente parlato con lei e, forse, ceduto alla tentazione di confidarsi. Quel giorno a Villa Borghese, quando lo aveva visto tornare da solo e senza gelato, doveva per forza aver capito che qualcosa non andava. Inoltre ogni oggetto, ogni angolo di quella casa gli avrebbe ricordato Cesare, e avrebbe soffiato sulle braci vive della sua sofferenza.

La donna sorrise ed evidenziò le sue guance paffute e rossastre, che contrastavano con il bianco della cuffia.

«Che c'hai? Mai visto 'na zeppolara?» Prese una frittella e gliela allungò. Un profumo di lievito e zucchero gli arrivò alle narici. «Pijane una. Fanno passa' tutte le pene d'amore».

Quelle parole gli tolsero l'appetito, nonostante l'odore invitante. Davvero era così trasparente? O era vero che le persone umili riuscissero a leggere nel cuore degli altri? Si tastò il retro dei pantaloni.

«Non ho moneta, mi spiace».

La zeppolara gli agitò il dolce davanti, come a esortarlo di nuovo.

«Gli innammorati perzi nun pagano da me. La vita già je chiede troppo».

Alfred non sapeva se continuare a rifiutare il regalo o accettare, c'era un che di familiare in quella donna. Si avvicinò e prese la frittella: per qualche strano motivo era ancora calda, sebbene non potesse essere stata preparata sul momento. Mangiare gratis gli sembrava da scrocconi, eppure rifiutare sarebbe stato scortese.

«Grazie» mormorò.

«A buon rendere».

Si incamminò verso piazza Navona, che doveva essere poco distante, e addentò la zeppola. Era morbida, dalla consistenza simile a quella del *Krapfen*, ma dal sapore più dolce. L'appetito gli tornò subito e la divorò nel giro di pochi passi.

Svoltò all'altezza di un grande palazzo rivestito con le impalcature di un cantiere deserto e arrivò nella piazza: la fontana dei Quattro fiumi di Bernini gli si materializzò davanti all'improvviso, come un gioco di prestigio. La mano sollevata al viso della statua del *Rio de la Plata* gli fece ricordare il vecchio aneddoto che vedeva in contrapposizione il Bernini e il Borromini, secondo cui la figura che impersonava il fiume – costruita dal Bernini – si proteggerebbe dall'imminente crollo della chiesa di Sant'Agnese in Agone – progettata invece dal Borromini. Una leggenda, certo, poiché la chiesa ancora non esisteva quando la fontana era stata ultimata, ma era una storiella che aveva sempre il potere di farlo sorridere.

Nella piazza camminavano pochi passanti; il sole era già scomparso dietro la chiesa di Sant'Agnese: presto avrebbe fatto buio. Alfred sedette su una panchina e iniziò a sfogliare il volume del Winckelmann. Posò lo sguardo sulle lettere che macchiavano d'inchiostro le pagine color paglia, ma senza soffermarsi a leggere le parole e le frasi che componevano.

Un magone tornò a opprimergli le viscere e spazzò via l'effetto benefico del dolce e dell'aneddoto di cui si era ricordato. Fino a qualche mese prima Roma lo affascinava; girare tra i suoi monumenti e i suoi vicoletti gli dava un senso di beatitudine che non aveva mai provato prima, però ora la città aveva smesso di incuriosirlo. Non vedeva l'ora di tornare a casa: a Mainz, da Wilhelm e i suoi genitori, non all'appartamento dei Palleschi. Il solo pensiero di non vedere più Cesare, però, gli faceva mancare il respiro e accelerare i battiti del cuore. Era come se un filo sottile li tenesse avvinti: se si fosse spezzato, sarebbe morto di sicuro.

Chiuse il libro con un tonfo, si alzò e riprese a camminare. Doveva solo avere la pazienza di aspettare e le cose si sarebbero risolte col tempo. Cesare si sarebbe sposato, il clamore riguardo al matrimonio sarebbe cessato e alla fine sarebbe tornato da lui, avrebbe ripreso a parlargli come se niente fosse. E la loro storia d'amore sarebbe continuata tra clandestinità, sotterfugi e notti rubate.

***

*Galleria Sprovieri, Roma. Martedì 21 aprile 1914*

Seduto accanto a Leonardo, Alfred sorseggiò il suo vermouth allungato con acqua di seltz. La serata futurista sarebbe iniziata di lì a breve. Si augurò che non fosse come quell'orribile notte di dicembre, che l'aveva spinto a dichiararsi a Cesare. Eppure, aveva voglia di quell'euforia viscerale. L'alcool e le bollicine probabilmente gli stavano solleticando l'umore e aveva bisogno di distrarsi.

«Altri tre calici!»

Leonardo fece un gesto al cameriere e indicò Carlo e Marco accanto a sé.

Carlo aggrottò le sopracciglia.

«Perché solo tre? Siamo appena al secondo giro».

«E allora la prossima volta ordina tu».

Alfred posò il bicchiere; goccioline di condensa scesero lungo il vetro e formarono un cerchio sul tavolo. Il cameriere tornò con tre calici di bianco in mano. Non c'era molta gente per una serata in cui si celebrava il Natale di Roma. Da quanto aveva capito, era una ricorrenza che i futuristi e i nazionalisti avevano molto a cuore. Forse non c'erano poi così tanti futuristi e nazionalisti in città. Pescò dalla ciotola sul tavolo una manciata di noccioline e le sgranocchiò per spezzare l'amarognolo del vermouth. Tanto meglio, voleva dire che avrebbero assistito a meno eccessi.

Sul perimetro della sala erano esposti dipinti e sculture, illuminati da lampade rosse. Li aveva adocchiati quando era entrato. Avrebbe voluto dargli un'occhiata, prima che iniziasse la serata. Sempre meglio che restare al tavolo a sentire le chiacchiere.

Vuotò il suo bicchiere e picchiettò sulla spalla di Leonardo.

«Vado a vedere i quadri e le sculture, vuoi venire?»

«No, grazie. Li ho già visti».

Si voltò di nuovo verso gli altri.

Meglio così, lo aveva chiesto solo per cortesia. Si alzò; l'alcool aveva iniziato a fargli girare la testa. Che paradosso: Leonardo si proclamava grande sostenitore del movimento futurista, eppure non si interessava a ciò che quel movimento creava da un punto di vista artistico. E allora a cosa era interessato?

Fece lo slalom in mezzo ai tavoli, tra avventori che, con giacche sgargianti e panciotti dalle fantasie geometriche, bevevano, fumavano e conversavano immersi in una nebbia dal forte odore alcolico, finché arrivò all'inizio della mostra. Rimase a bocca aperta davanti a quelle opere: ecco perché Leonardo non aveva voluto rivederle.

I quadri erano un'accozzaglia di colori caotici e casuali, linee e forme astratte che non sembravano avere né capo né coda. Su tutte le tonalità predominava il violetto, ma non sembrava possedere chissà quale significato simbolico. Alfred si avvicinò alle cornici per leggere i nomi dei quadri. *Cavallo + cavaliere + caseggiato*, *Dinamismo di un corpo umano*. Evidentemente quei dipinti volevano rappresentare vere e proprie figure. Del corpo umano non c'era minima traccia. Sul secondo quadro si potevano riconoscere delle case sullo sfondo, e la macchia di colore bluastro poteva ricordare la versione stilizzata di un cavallo, ma per vedere un cavaliere ci voleva tanta fantasia. O tanto alcool. Quella non era arte, era spazzatura travestita da provocazione.

Si voltò verso le sculture, disposte sulla parete opposta rispetto ai quadri. Sperò di trovare qualcosa di meglio, ma restò deluso. Ma chi le aveva realizzate, un fabbro? Non che ci fosse niente di male nei lavori artigiani, ma l'Arte con la «A» maiuscola era un'altra cosa e quella figura umana stilizzata che stava osservando, che sembrava camminare in avanti ma allo stesso tempo assumere la dimensione di una fiamma, di certo non era arte, sebbene Alfred non riuscisse a distogliere lo sguardo. Ne era al contempo calamitato e disgustato. Erano opere fugaci, destinate a essere presto dimenticate. Di certo non sarebbero state rappresentate sul retro delle monete o sui francobolli.

Alcuni tonfi sordi lo fecero voltare. Sul palco era salito un uomo mezzo calvo, con folti baffi all'insù e un papillon blu scuro che chiudeva un colletto alto e rigido. Alfred si allontanò dalle opere. Meglio tornare al tavolo con gli altri prima dell'inizio dell'esibizione.

Un applauso accolse l'entrata in scena dell'uomo, che si guardò intorno con le mani sul panciotto di colore blu e viola. Le alzò in aria e fece interrompere l'applauso.

«Signore e signori, benvenuti alla nostra Galleria Futurista permanente di Roma!»

Un nuovo applauso e un battito di piedi seguirono le parole. Alfred passò alla svelta in mezzo ai tavoli e tornò a sedersi al suo posto accanto a Leonardo, che ammirava il palco.

L'uomo fece un leggero inchino.

«Per chi non dovesse conoscermi, io sono Filippo Tommaso

Marinetti, capo del nuovo movimento futurista che sta sconquassando l'Italia a suon di pugni e schiaffi!»

Grida e fischi di approvazione accompagnarono queste parole. Solo Marco rimase in silenzio, l'ampia fronte corrugata in un'espressione perplessa.

«Vi ringrazio per essere accorsi numerosi a questa nuova serata gioiosa e vitale», continuò Marinetti. «Insieme al qui presente Francesco Cangiullo», si voltò verso un uomo dal lungo ciuffo seduto dietro un pianoforte, «vi delizierò con alcune mie nuove parole in libertà, ispirate all'eroico assedio di Adrianopoli contro gli infedeli».

Ancora applausi ed esclamazioni di assenso si diffusero nella sala. Marinetti aprì le mani e le strinse in due pugni in un gesto a invitare il silenzio. Estrasse dalla tasca del panciotto un volumetto sottile, lo aprì e schiarì la voce. Cangiullo iniziò a strimpellare al pianoforte una melodia stonata.

*Ogni cinque secondi cannoni da assedio sventrare*
*spazio con un accordo tam-tuuumb*
*ammutinamento di cinquecento echi per azzannarlo*
*sminuzzarlo sparpagliarlo all'infiniiiii*
*nel centro di quei tam-tuuumb*
*spiaccicati (ampiezza cinquanta chilometri quadrati)*
*balzare scoppi tagli pugni batterie tiro*
*rapido violenza ferocia regolarità questo*
*basso grave scandere gli strani folli agita-*
*tissimi acuti della battaglia furia affanno*
*orecchie occhi*
*narici aperti attenti*
*forza che gioia vedere udire fiutare tutto*
*tutto taratatatata delle mitragliatrici strillare*
*a perdifiato sotto morsi schiafffffi traak-traak*

*frustate pic-pac-pum-tumb bizzzzarrie*
*salti altezza duecento metri della fucileria…*

Alfred non voleva credere a quello che le sue orecchie stavano ascoltando. *Mein Gott*, ma che roba era quella? Avevano anche il coraggio di chiamarla poesia? Eppure gli altri ascoltavano senza fiatare; Leonardo teneva addirittura il tempo con le mani e i piedi.

*ilari nitriti iiiiii… scalpiccii tintinnii tre*
*battaglioni bulgari in marcia croooc-craaac*
*Sciumi Maritza*
*o Karvavena croooc-craaac grida delgli*
*ufficiali sbataccccchiare come piatttti d'otttttone*
*pan di qua paack di là cing buuum*
*cing ciak ciaciaciaciaciaak*
*su giù là là intorno in alto attenzione*
*sulla testa ciaack bello Vampe*
*vampe*
*vampe vampe*
*vampe vampe*
*vampe ribalta dei forti*
*vampe*
*vampe…*

Marinetti recitava con piglio militaresco, come un generale che impartisce ordini alla truppa, con la melodia del pianoforte che faceva da contrappunto. Le parole erano veloci e incomprensibili, non si capiva niente di quello che il poeta recitava, finché la poesia terminò all'improvviso. Marinetti si inchinò a ricevere gli applausi scroscianti che lo investirono.

«*Bravo! Bis*», urlò Leonardo. Si rivolse a Carlo, che stava battendo le mani sul tavolo. «Questa sì che è poesia. Chissà che ne direbbe il professor Filippin».

Cangiullo riprese a strimpellare la sua melodia fastidiosa. Marinetti si mise da parte e lasciò salire sul palco quelli che sembravano dei bambini, vestiti con abiti sgargianti e festoni luccicanti che riflettevano la luce rossastra dei lampadari. Si avvicendarono tutt'intorno a Marinetti, che li accarezzò sulla testa come una sorta di bizzarro padre. Un momento, ma non erano bambini: erano nani! O meglio, uomini che camminavano in ginocchio imitando l'andatura dei nani.

Leonardo gli tirò un calcio dietro il polpaccio.

«Ma stai vedendo che roba? Geniale».

Geniale? Alfred si massaggiò la fronte; la combinazione di vermouth e baccano gli stava facendo venire i cerchi alla testa. Più che geniale gli sembrava squallido prendersi gioco di persone sfortunate.

Uno dei finti nani ne spinse un altro, che caracollò a terra portandosene dietro un altro ancora. Iniziarono allora ad azzuffarsi, finché Marinetti non intervenne a separarli. A uno diede uno schiaffo, a un altro un calcio e il terzo si limitò a rimproverarlo.

Loro allora corsero via dal palco, sempre restando in ginocchio, e Marinetti li inseguì. Anche Cangiullo si alzò dal pianoforte e andò loro dietro, ma la musica stonata non si interruppe. Evidentemente il pianoforte era finto, o erano in due a suonare.

Il palco si svuotò. Il pianoforte smise di suonare e nella sala tornò a serpeggiare un brusio di fondo. Leonardo vuotò il suo calice di bianco.

«Come prima esibizione è stata eccezionale. Spero solo che non si siano giocate subito le loro carte migliori».

Sul palco salì un ragazzo, accolto subito dagli applausi del pubblico. Si tolse il cappello, mostrando i suoi capelli tagliati molto corti, e lo lanciò via.

«Stasera vorrei leggervi un mio discorso, intitolato: *Muori, Italia. Un canto d'odio verso la mia patria*».

Ci furono ancora applausi, qualcuno pestò i piedi per terra. Alfred si mordicchiò l'unghia del pollice. Ecco un'altra invettiva piena di odio e insensatezze.

«Muori Italia, perché il tuo tempo è finito», la voce del ragazzo era robusta, la sua dizione chiara. Sembrava un attore di teatro. «Muori insieme alla tua storia, al tuo passato, alle tue radici gloriose, perché ora è venuto il tempo del futuro. L'albero della tua vita dovrà essere sradicato, il suolo in cui è cresciuto dovrà franare, per fare spazio non a nuovi alberi, bensì a palazzi, a edifici imponenti fatti di aria. Così effimeri da essere trasparenti».

Il silenzio era assoluto. La voce non aveva niente del tono militaresco del poeta, però vibrava con forza nella sala.

«Ti uccideremo, giovane Italia e vecchia Roma. Noi poeti, intellettuali, artisti, ti feriremo a morte con le nostre penne, i nostri scalpelli e i nostri pennelli. Ti uccideremo e ti purificheremo con la guerra, fino a farti scomparire. Come le streghe che venivano purificate con il fuoco fino a diventare cenere».

Gli spettatori iniziarono a mormorare tra di loro. Non sembravano apprezzare molto quelle parole.

«Ti uccideremo con le nostre opere d'arte vuote, insulse, disgustose, fatte di pura astrazione e prive di sostanza. Ti uccideremo con la nostra retorica militaresca e guerrafondaia, che glorifica la barbarie e condanna la civiltà!»

*Was*? Alfred si lasciò sfuggire un sorriso. Ma stava forse inveendo contro i futuristi stessi? Certo che ci voleva coraggio.

Il brusio divenne più forte. Un signore seduto vicino al palco si alzò.

«Ehi, ma che sta dicendo?»

Un altro lanciò il cappello verso il palco.

«Fatelo stare zitto».

Il poeta gettava a terra i fogli già letti. Teneva lo sguardo incollato su quelle parole, come se fosse da solo in quella sala.

«Ti picchieremo selvaggiamente, con i pugni e con gli schiaffi, ti stupreremo come già facciamo con le nostre donne e ti tortureremo, fino a farti sputare il sangue dei tanti patrioti caduti in tuo onore. Ce ne freghiamo di loro, perché ciò che conta...»

Sul palco salirono alcune persone, strattonarono il poeta e lo trascinarono via, mentre lui si agitava nel tentativo di divincolarsi.

«Lasciatemi!»

«Bravi», esclamò Leonardo, sputacchiando goccioline di saliva. «Fatelo stare zitto!»

Ma che stava dicendo? Si stava schierando dalla parte di chi mette a tacere gli altri con la violenza, e non da quella di chi ha il coraggio di esprimere la propria opinione? Alfred era confuso. Un senso di nausea gli rimescolò lo stomaco.

Un signore dai capelli bianchi delle prime file si alzò e si rivolse al resto del pubblico.

«Ma che modi sono questi? Vi sembra libertà?», si voltò verso il palco. «Lasciatelo continuare, finiamo di ascoltare quello che aveva da dire».

Finalmente qualcuno che ragionava come lui. Allora non era da solo.

«Ma statti zitto, vecchio», un altro signore gli lanciò addosso un bicchiere vuoto, che per fortuna lo mancò e si frantumò a terra. «Dovrebbero portarti via anche a te. Non sono venuto qui per sentirmi insultare».

Il cuore gli balzò in gola. Le cose si stavano mettendo male. Avrebbe preferito andare via da lì prima che scoppiasse la rissa. Prima che le parole si concretizzassero in azioni.

Il poeta aveva smesso di protestare. Quelli che lo tenevano per le braccia lo stavano accompagnando fuori dalla sala.

Un altro ragazzo si avvicinò.

«Lasciatelo!»

Sferrò un pugno a uno dei due che trattenevano il poeta.

La persona colpita finì a terra con un tonfo sordo. L'altro lasciò andare il poeta e rispose con un altro pugno che però il ragazzo schivò. Il poeta colpì a sua volta l'aguzzino. Altra gente si unì alla rissa, che si diffuse anche tra il pubblico. Troppo tardi, il buon senso e l'ordine avevano finito per essere soffocati.

«Chiamate le guardie!»

Il caos si allargò a macchia d'olio in tutta la sala; Leonardo e Carlo si gettarono nella mischia, Marco si alzò, ma si allontanò. Alfred rimase inchiodato alla sedia. Doveva andare via da lì, era troppo pericoloso, eppure non riusciva a muoversi.

Dal mucchio provenne un rantolo, una donna urlò. La rissa si affievolì, le persone smisero di azzuffarsi e si allontanarono le une dalle altre. Alfred si riscosse e trovò le forze per alzarsi. Che era successo? Perché si erano interrotti tutti quanti?

La porta della sala alle sue spalle si spalancò ed entrarono quattro carabinieri, moschetto in spalla e mano sull'elsa della sciabola.

«Che sta succedendo?»

«L'hanno ammazzato!» Una donna dal trucco colato sul viso corse verso di loro e gli si gettò ai piedi. «Hanno ammazzato mio figlio!»

Alfred si avvicinò a piccoli passi verso il capannello di persone: intravide una mano stesa a terra, con le dita macchiate di sangue.

Si voltò di scatto; un conato di vomito gli sconvolse le budella. Si chinò a terra e rigettò tutta la cena. Non voleva crederci, l'avevano ammazzato davvero.

Una mano gli toccò la schiena e lo aiutò a rialzarsi.

«Vieni, andiamo via» gli disse una voce familiare.

Si lasciò trasportare fuori, non ce la faceva più a restare lì dentro. La sensazione del vento fresco sul suo viso accaldato gli diede sollievo. Chiuse gli occhi e respirò a fondo, nel tentativo di scacciare dalla mente la scena terribile a cui aveva assistito.

Alfred si sfilò il soprabito, tolse il cappello e diede tutto a Gisella che lo guardava con aria sospettosa. Gli parve stesse per chiedergli dove avesse trascorso la notte, ma si limitò ad appendere soprabito e cappello sull'attaccapanni e lo lasciò solo.

Si passò le dita sugli occhi cisposi e gonfi di sonno. Chissà se avrebbe incontrato Cesare a colazione. La loro relazione già aveva destato dei sospetti nel signor Palleschi, almeno quella sarebbe stata una prova che non avevano passato la serata insieme. Se solo non avesse dovuto sopportare il peso del suo disprezzo…

In sala da pranzo c'era solo Flaminia. Stava soffiando sulla sua tazza di tè fumante.

«E tu, da dove vieni?», sorrise e corrugò la fronte. «Pensavo che fossi rientrato questa notte».

Alfred si grattò dietro alla testa e si mise a sedere davanti a lei.

«Ehm, no. Ieri era una serata un po' agitata».

Lei abbassò gli occhi sulla sua tazza. Probabilmente stava pensando che avesse passato la notte con Cesare in qualche pensioncina fuori mano, lontani da occhi indiscreti. Chissà che cosa avrebbe detto, se avesse saputo che tutte le volte che lui e Cesare avevano fatto l'amore era stato in quella casa.

«Che cosa è successo di così agitato?»

Flaminia prese un biscotto al burro dal piattino al centro del tavolo.

Alfred si versò del tè in una tazza pulita.

«Ero a una serata con Leonardo, ma non è finita molto bene», bevve un sorso bollente che scese giù nel suo stomaco ancora contratto dai conati della nottata. «Una persona è stata uccisa».

La mano di Flaminia rimase bloccata a mezz'aria e fece cadere il biscotto nella tazza; gocce di tè schizzarono sulla tovaglia.

«Che cosa?» Il suo volto impallidì. «Chi è stato ucciso?»

«Un ragazzo, credo che era poeta. Ha recitato un discorso contro i futuristi, e loro lo hanno ucciso».

Raccontare a voce alta quel fatto lo faceva sembrare ancora più surreale di come gli si era impresso nei ricordi.

«Ma non è possibile, come si può uccidere qualcuno solo perché la pensa in un altro modo?»

«Già, credo lo stesso».

La stanchezza per la notte insonne iniziò ad appesantirgli sempre di più gli occhi. Vagare per le strade del centro, prendere un po' d'aria fresca vicino alla fontana di Trevi gli aveva fatto bene, ma gli dolevano i piedi e le gambe. Non vedeva l'ora di buttarsi a letto.

«E poi cosa è successo? Hanno arrestato i responsabili?»

«Non lo so. Sono arrivati carabinieri e hanno arrestato qualcuno, ma non so se sono i responsabili o non», allontanò da sé la tazza ancora piena di tè; già non gli andava più. «Hanno fatto domande anche a me e ad altre persone».

«Per quello sei tornato solo a quest'ora».

«Già. Meno male ero insieme a Leonardo. Mi ha aiutato molto».

«Sì, è proprio una persona di buon cuore», Flaminia lo toccò con la sua mano pallida. «Povero, sarai stanco morto. Va' a riposare. Se poi hai bisogno di parlare e di sfogarti, io sono qui», lo guardò dritto negli occhi. «Per qualunque cosa».

Si stava riferendo a quella serata o anche a Cesare? Le sfiorò la mano; il contatto con le sue dita calde gli trasmise un po' di conforto.

«Va bene, grazie», ritrasse la mano e si alzò. «Sì, vado un po' a riposare. A dopo».

«A dopo».

Alfred si chiuse la porta della sala da pranzo alle spalle. Flaminia era davvero una persona dolce, apprezzava molto la sua disponibilità, però non avrebbe mai potuto confidarsi con lei riguardo a Cesare. Non ne avrebbe avuto il coraggio. Avrebbe dovuto trovarsi proprio alle strette, in una situazione senza via di scampo, per rivelarle la sua terribile passione segreta senza morire dalla vergogna.

# Elevazione

*Ahi, non indarno un tempo le cose parlavano amore!*
*Ma di gioire urgeva brama più forte noi*
*ebri di tal dolcezza cui gli astri effondean pe 'l raggiato*
*etere, cui limpida piacqueci di bevere.*
*(Gabriele D'Annunzio, Elegie Romane)*

*Cattedrale di San Pietro, Frascati. Domenica 10 maggio 1914*

In chiesa regnava il silenzio.

Il sacerdote reggeva in una mano il messale e teneva l'altra aperta verso lo sposo.

«*Cesare, vis accipere Elena in uxorem tuam et promittis te illi fidem servaturum, inter prospera et adversa, in ægra et in sana valetudine, ut eam diligas et honores omnibus diebus vitæ tuæ?*»

Lui stringeva la mano di Elena.

«*Volo*».

Il sacerdote si voltò verso la sposa.

«*Elena, vis accipere Cesare in maritum tuum et promittis te illi fidem servaturam, inter prospera et adversa, in ægra et in sana valetudine, ut eum diligas et honores omnibus diebus vitæ tuæ?*»

«*Volo*».

La sua voce tremolante echeggiò nella chiesa.

Vicino a loro, il signor Palleschi e il conte Sperelli si scambiarono un'occhiata.

Alfred respirò a fondo. Che tormento, quella cerimonia lo stava torturando nel profondo dell'anima. Si allentò con le dita il nodo del papillon. Doveva tenere duro, tra poco sarebbe tutto finito.

Il sacerdote posò il messale, allungò le mani e strinse quelle degli sposi.

«*Hunc vestrum consensum, quem coram Ecclesia manifestastis, Deus Abraham, Deus Isaac, Deus Iacob, Deus qui protoplastos coniunxit in paradiso, in Christo confirmet ac benedicat, ut quod ipse coniungit, homo non separet. Benedicamus Domino*».

«*Deo gratias*»

risposero in coro i presenti.

Gli sposi si inginocchiarono e chinarono il capo. Il sacerdote alzò le mani al cielo.

«*Fratres carissimi, speciale gratiæ et caritatis donum recolentes, quo Deus amorem fratrum nostrorum Cesare et Elena perficere et sacrare dignatus est, eos commendemos...*»

Alfred si agitò sulla panca. Era scomodissima e l'afa lo stava soffocando sempre di più. Non aveva mai avuto così caldo in una chiesa. Alzò lo sguardo verso la volta a botte del soffitto, priva di affreschi, e chiuse gli occhi. Una sensazione di torpore gli invase le membra. Erano giorni che non riusciva a dormire, magari avrebbe potuto sonnecchiare un po' prima che... aprì gli occhi e si riscosse. Ma che gli saltava in testa? Si voltò verso Flaminia che guardava gli sposi con aria rapita, seduta accanto a lui e Leonardo. Per fortuna non si era accorta di niente.

Elena e Cesare si rialzarono. Il sacerdote li fissò negli occhi, le guance lisce e ben rasate penzolavano flosce ai lati della bocca.

«*Spiritum tuæ caritatis, Domine, in hos sponsos benignus effunde, ut cor unum fiant et anima una, quatenus nihil prorsus separet, quos tu coniunxisti, nihil afflictet, quos tua benedictione implevisti. Per Christum Dominum nostrum*».

«*Amen*».

«*Masculum et feminam creavit eos. Benedixitque illis Deus et ait illis*

*Deus: "Crescite et multiplicamini et replete terram"*», il sacerdote impose le mani per la benedizione. «*Et vos omnes, qui hic simul adestis, benedicat omnipotens Deus, Pater, et Filius et Spiritus Sanctus*».

«*Amen*».

Cesare sollevò il velo dal viso di Elena e la sfiorò con un baciò.

Alfred si conficcò le unghie nei palmi nel tentativo di ricacciare indietro le lacrime. Il suo uomo era stato appena consegnato per il resto dei suoi giorni nelle mani di una donna. Prima o poi doveva succedere, lo aveva sempre saputo, eppure non riusciva ad accettarlo. Doveva andare via da lì, non poteva scoppiare a piangere davanti a tutti. Ma perché tutta quella gente non si sbrigava a uscire?

L'organo riprese a suonare la marcia nuziale di Mendelssohn. Le damigelle, vestite con abitini color avorio, avanzarono in fila attraverso la navata centrale verso l'uscita della chiesa, seguite dai paggetti e dagli sposi. Gli invitati si riversarono sul sagrato in un vociare allegro.

Alfred si fece largo tra signori imbevuti di acqua di colonia, che si passavano il fazzoletto per asciugare il sudore su fronte e collo, e signore che si sventagliavano nel tentativo di respirare.

«Oh Signore, che caldo».

Nella calca, qualcuno gli rifilò una gomitata tra le costole. Non se ne curò e uscì dalla chiesa. Il sole era così forte che gli occhi iniziarono a lacrimare; il riverbero della luce sul sagrato lo stava accecando. Si asciugò le palpebre con un fazzoletto e scese gli scalini, circondato da sconosciuti. Il caldo era soffocante, il papillon gli stringeva il collo come un nodo scorsoio e il sudore sulla schiena gli aveva inzuppato la camicia.

Elena e Cesare uscirono dalla cattedrale; i chicchi di riso piovvero a manciate su di loro. Ridevano e abbassarono il volto nel tentativo di proteggersi.

Flaminia e Leonardo raggiunsero Alfred.

«Che spreco», disse lei, «non ho mai capito il senso di questa tradizione».

«Serve per augurare buona fortuna», Leonardo le sfilò una margheritina dall'acconciatura. «Come quando si fa il gioco "m'ama, non m'ama"».

«Ehi, ridammela!»

Alfred sbuffò per quei discorsi inutili. Avrebbe voluto solo essere altrove, il più lontano possibile da lì.

I novelli sposi salutarono i presenti con cenni della mano e salirono sulla carrozza che li aspettava: era verniciata di bianco, aperta ai lati con le porticine ricoperte da una tendina per ripararsi dal sole; i due cavalli neri che la trainavano sbuffarono e pestarono gli zoccoli sui sampietrini. I Palleschi e il conte Sperelli salirono su un'altra delle numerose carrozze parcheggiate lì intorno.

Flaminia sfiorò il braccio di Alfred.

«Ti va se andiamo a piedi? Tanto la villa degli Aldobrandini è vicina».

«Va bene».

Fare quattro passi lo avrebbe aiutato a distrarsi.

Il cocchiere della carrozza nuziale frustò i cavalli, che partirono e uscirono dalla piazza; gli zoccoli sbattevano sul selciato. Le altre carrozze si accodarono.

Flaminia aprì l'ombrellino bianco.

«È stata una bella cerimonia».

Alfred trattenne un riso di scherno. Sì, era stata proprio uno spasso. Leonardo sbadigliò.

«Una noia mortale. Non vedevo l'ora che finisse».

«Quanto sei romantico».

Scosse la testa, ma sotto l'ombra le brillava un piccolo sorriso.

«Magari non sono romantico, però almeno ti voglio bene», le schioccò un bacio sulla guancia, che si imporporò. «Penso che questo sia più importante, no?»

«Suppongo di sì».

"Almeno ti voglio bene". Quelle parole riecheggiarono nella testa di Alfred: probabilmente Leonardo non si era reso conto di quanto fossero vere.

***

Il cancello d'ingresso di Villa Aldobrandini era affiancato da due monumentali colonne, dalle quali si diramava il muro di cinta che delimitava tutta la proprietà. Alfred entrò e seguì gli altri invitati lungo il viale alberato principale, ombreggiato da querce con le chiome tagliate a forma di parallelepipedo. Si tolse il cappello e passò il dorso della mano sulla fronte sudata. Un po' di riparo dalla calura di quel giorno.

Flaminia camminava con il naso all'insù mentre agitava il suo ventaglio in stile giapponese.

«Certo che è davvero una villa enorme. Chissà come deve essere vivere in un posto del genere. Guarda poi che panorama».

Leonardo si passò un fazzoletto sulla fronte sudata.

«Mah, spero che abbiano abbastanza servitù. Altrimenti sai che guaio, le pulizie».

Alfred si voltò. Oltre al giardino in basso, ricco di piante e fontane che zampillavano acqua, si riusciva a intravedere parte del borgo di Frascati con la stazione sottostante, dalla quale, oltre ai binari regolari, si diramava una strada ferrata invasa da erbacce selvatiche. Doveva essere il tracciato della vecchia ferrovia, che conduceva fuori dal centro abitato verso la stazione Campitelli. Suo padre, ai tempi dei viaggi in Italia, gliene aveva parlato come di un luogo desolato, che avevano provato a rianimare costruendo un piccolo teatro per concerti e ricevimenti, ma senza troppo successo. All'orizzonte, la città di Roma era circondata da campi e piccoli borghi. Che meraviglia… Inspirò a fondo l'aria fresca della collina, come se fosse in grado di ripulirlo da tutto il malessere che provava. Sarebbe potuto rimanere lì anche in eterno.

Flaminia gli scosse il braccio e fece un cenno verso la villa.

«Dai, andiamo, altrimenti arriviamo tardi e ci lasciano fuori».

Alla fine del viale, in cima alle scale, i coniugi Aldobrandini attendevano gli ospiti. Il marito era un tipo di bassa statura, dal volto serio e barbuto, i capelli tagliati corti. Sua moglie era una donna robusta, che lo superava in altezza. Sorrise.

«Benvenuti. Prego, da questa parte» e indicò il flusso di persone che si stava dirigendo verso un passaggio sul lato della villa.

Si incamminarono in quella direzione. Flaminia continuava a farsi aria con il ventaglio floreale.

«Certo che il principe Giuseppe sembra un uomo così austero. È un giorno di festa, poteva anche farlo, un sorriso».

Il vialetto conduceva al retro della villa: sopra un ampio spiazzo si ergeva un'esedra circolare, dai cui lati si diramavano due terrazze. Alfred fece qualche passo sul prato ben rasato verso il famoso Teatro delle Acque, incastonato nell'esedra stessa. Nei corsi dedicati al Barocco, aveva sentito parlare di quest'opera, in cui spiccavano le figure scolpite di un ciclope e un centauro ai due lati e quella di Atlante che sorregge il mondo al centro. Dalle scalinate sopra questa scultura scorreva l'acqua. Peccato, però, che non zampillasse più dalle nicchie dove si trovavano le varie statue facendo suonare il flauto del ciclope, come ricordava di aver letto.

I tavoli erano disposti lungo tutto questo spiazzo, ricoperti da gazebo che li riparavano dal sole. I camerieri li stavano apparecchiando con piatti di porcellana, posate d'argento e tovaglie color panna. Al centro di ogni tavolo spiccava un vaso di cristallo dove era sistemato un mazzo di gigli che spandevano il loro dolce profumo nell'aria.

Cesare ed Elena si trovavano sopra la terrazza al centro dell'esedra, ai piedi della fontana che dava il nome al Teatro. Stavano posando davanti a un giovane che armeggiava attorno a un apparecchio fotografico.

Il ragazzo stese le braccia in avanti e avvicinò i palmi.

«State più vicini», guardò nell'obiettivo e premette un pulsante, producendo una piccola esplosione. «Perfetto, ora guardatevi negli occhi».

Il suo volto, con quel pizzetto e il naso adunco, ad Alfred era familiare. Ma sì, era uno dei due figli degli Aldobrandini che aveva incontrato a casa degli Sperelli. Guarda caso li incontrava sempre nei momenti più spiacevoli, come se portassero sfortuna. Sperò allora di non vedere mai più un Aldobrandini in vita sua.

***

Alfred si mise in bocca l'ultimo pezzettino di vitello tonnato e si rilassò sullo schienale della sedia, col sapore di acciuga e di limone che gli riempiva il palato. Lo stomaco stava per esplodergli e la testa gli girava: troppo cibo e troppo vino. Però aveva proprio bisogno di affogare i suoi tormenti nei piaceri della tavola.

Flaminia fece cadere le posate nel piatto, pieno di ossicini di quaglia e di resti di foglie di salvia, e si portò le mani al ventre.

«Mamma mia, sto per esplodere».

Leonardo le accarezzò una guancia con le dita.

«Non è vero, sembra che non hai mangiato niente».

«Bugiardo».

Chiuse gli occhi e intrecciò la mano in quella di lui.

Quante smancerie... Alfred soffocò un rigurgito dovuto al troppo cibo. Proprio davanti a lui dovevano fare i fidanzatini? In un giorno come quello, tra l'altro.

Il conte si alzò e fece tintinnare il coltello sul bicchiere.

«Signori e signore, spero che il banchetto sia stato di vostro gradimento», sollevò le braccia al cielo. «Direi che è venuto il momento di digerire un po' questo lauto pranzo. Che si aprano le danze!»

L'orchestrina iniziò a suonare. Sperelli richiamò gli sposi, che si alzarono dal loro tavolo e andarono sul prato. A loro si aggiunsero gli Aldobrandini e i Palleschi, seguiti dagli altri invitati.

Alfred si asciugò i palmi sudati sui pantaloni e affondò le unghie nella carne. Durante il pranzo era riuscito a distrarsi con tutto il ben di Dio che era stato portato in tavola; ora, però, non ce la faceva ad assistere a quella pantomima. Si alzò e si allontanò: aveva bisogno di stare da solo.

Flaminia lasciò la mano di Leonardo.

«Ehi, dove vai?»

«Torno subito».

Si inoltrò nel giardino, tra l'ombra dei tigli e dei lecci, e arrivò fino a una radura dove si estendeva un piccolo stagno. La musica e le voci gli arrivavano ovattate, come se avesse trovato rifugio in una bolla d'aria. Un gruppo di pavoni camminava in lontananza; uno di loro aprì la sua meravigliosa coda a ventaglio nel tentativo di corteggiare una delle femmine. Anche gli uccelli sembravano più fortunati di lui in amore e potevano volare dove volevano quando le cose si mettevano male. Cosa non avrebbe dato per potersene volare a casa, in Germania. Nella sua patria.

Sedette su una panchina davanti allo stagno. Un rospo gracidò facendo vibrare il gozzo e si tuffò in acqua; all'orizzonte il sole già cominciava a tingere il cielo di una sfumatura arancione.

Alfred si nascose il viso tra le mani. Erano settimane che non parlava con Cesare, a malapena si incrociavano in casa. Doveva considerare chiusa la loro relazione, soprattutto dopo il matrimonio? Al pensiero di non baciarlo più, di non sentire più il sapore delle sue labbra morbide, rischiava di svenire.

«Ah, ma sei qui»,. Flaminia gli venne incontro tenendo sollevati i lembi della gonna verde. Sedette accanto a lui sulla panchina e gli posò una mano sulla gamba. «Non stai bene, vero?»

Lui si irrigidì a quel contatto. Scosse la testa.

«Non proprio».

Era giunto il momento che sperava non arrivasse mai.

«Ascoltami. È da tempo che spero che ti apra spontaneamente, che mi parli di quello che ti tormenta. Da quando vi ho visto baciarvi a Natale».

Il cuore gli accelerò all'improvviso. A Natale?! Ma allora…

«Ci hai visti?»

Lei sospirò.

«E meno male che non lo ha fatto qualcun altro. Ora, però, stammi a sentire. Questa storia deve finire. Non puoi andare avanti così».

Si sentiva mancare, i pensieri confusi. Ce l'avrebbe mai fatta a rivelarle quello che realmente provava?

«Devi sfogarti. Non puoi tenerti tutto dentro, altrimenti esploderai», gli passò una mano sulla schiena. «E non vuoi esplodere, giusto?»

Scosse la testa. Da dove poteva iniziare? Non riusciva a trovare le parole giuste, perché non ce n'erano per descrivere quello che aveva passato. Non c'erano in nessuna lingua del mondo.

Flaminia lo guardava, in attesa. Alfred aprì la bocca, ma non ne uscì niente. Il labbro inferiore iniziò a tremargli, le lacrime gli si raccolsero dietro gli occhi. Non ce la faceva più a trattenerle: doveva lasciarsi andare.

Iniziò a singhiozzare e si portò le mani al viso; le lacrime gli bagnarono le dita e gli finirono in bocca. Erano salate, un sapore diverso dall'amaro che la relazione con Cesare aveva finito per lasciargli.

Lei gli prese la testa e la premette contro il petto; le lacrime inzupparono anche la stoffa morbida del suo vestito.

«Va tutto bene, va tutto bene».

Gli passava le dita tra i capelli, dandogli un lieve solletico.

Alfred rabbrividì a quel contatto. Che sensazione piacevole, gli ricordava sua madre che lo cullava da bambino quando si sbucciava le ginocchia e iniziava a piangere. Si scostò da lei, si asciugò gli occhi con un fazzoletto e si soffiò il naso. Gli sembrò di soffiare via tutto il malessere accumulato nelle ultime settimane.

Era ora che iniziasse a raccontare.

«Mi sono innamorato in tuo fratello dal primo momento che l'ho conosciuto, ma me ne sono reso conto non subito», si rigirava e stropicciava il fazzoletto sporco tra le mani. «All'inizio avevo paura di lui, e pensavo che era a causa di sua forte personalità, ma avevo solo paura dei sentimenti che mi provocava».

«Non hai mai provato niente di simile prima?»

Il volto di Wilhelm gli si materializzò davanti agli occhi. «C'è un mio grande amico con cui ho condiviso tutto il mio studio fino all'università. Si chiama Wilhelm. Una volta siamo andati a nuotare in Rhein insieme ad altri nostri amici del *Wandervögel*», il ricordo di quella giornata era più vivido che mai: un ricordo che gli donava piacere e dolore insieme. «Quando ho visto Wilhelm senza vestiti, ho provato all'improvviso un forte calore al viso e uno strano movimento in basso… Era la prima volta. Poi ho visto che…»

Forse era meglio non continuare.

Flaminia sorrise.

«Credo di aver capito».

Le guance gli erano diventate incandescenti dalla vergogna. Non gli sembrava vero di raccontarlo a qualcuno.

«Sono stato in riva tutto il tempo, da solo, a guardare gli altri che si divertivano, perché avevo paura che se ne accorgeva».

Lei gli prese la mano: era setosa come il suo vestito.

«Non c'è niente di male in questo».

«Lo so, però Cesare ha risvegliato in me questi istinti. E questo mi spaventa, perché dopo matrimonio temo che lui non prova lo stesso».

«Non devi avere paura. I sentimenti che provi sono sinceri. E mio fratello non deve permettersi di trattarti in questo modo».

Guardò l'orizzonte; le sfumature ancora più rossastre del cielo le si rifletterono negli occhi scuri.

«Non fraintendermi, io a mio fratello gli voglio bene, però è una persona difficile. Ha una sorta di lato oscuro dentro di sé, una rabbia repressa che sfoga su chi ha intorno. Spesso proprio sulle persone a cui tiene di più».

Ritrasse la mano: conosceva bene quel lato oscuro, lo aveva visto emergere durante la litigata di Pasqua in tutta la sua durezza.

Flaminia spostò lo sguardo a terra, sui fili d'erba del prato.

«Forse perché non si accetta, perché vorrebbe essere diverso da com'è. E tutta quella sua esuberanza, quella sua spavalderia, sono solo una corazza per proteggere la parte più vulnerabile di sé. Anch'io soffro molto quando si comporta così, quando fa del male alle persone che gli vogliono bene. Me compresa».

«Ti ho ferito, anch'io mi sono comportato male».

«No, eri solo confuso e smarrito. E io mi ero illusa di qualcosa che non poteva avere futuro. Almeno finché non hai fatto entrare Leo nella mia vita».

Il cuore gli si strinse in una morsa di compassione. Sapeva bene che Flaminia aveva sofferto, eppure sentirlo dire da lei stessa faceva un altro effetto. Meno male che in un certo senso era riuscito a rimediare.

«Lo so che ci tieni a lui. Che pensi di amarlo e che forse, a modo tuo, lo ami davvero, ma non puoi continuare a soffrire così», Flaminia gli sorrise. «Per amare gli altri bisogna prima amare sé stessi. Ed è una lezione che anch'io ho imparato solo di recente».

Le lacrime tornarono a pizzicargli dietro gli occhi. Quelle parole erano proprio ciò che aveva bisogno di sentirsi dire.

«Però non puoi aspettare che sia lui a fare il primo passo. Devi essere tu a prendere una decisione, per quanto difficile possa essere».

«Hai ragione», Alfred tremava al pensiero di quello che avrebbe dovuto fare, ma non c'erano alternative. «Questa storia non può andare avanti così. Noi due non abbiamo futuro insieme», l'abbracciò e la strinse a sé: si riempì le narici del suo profumo di lavanda. «Grazie per queste parole e per tuo aiuto. Mi sento molto meglio».

Lei abbandonò la testa sul suo petto e i capelli gli fecero il solletico.

«Sei una persona molto forte, caro signor Bösgel, forse più di quanto credi. Supererai anche questa».

# Sogno d'un mattino di primavera

*Cantano. Tu non odi passare ne gli inni il tuo nome?*
*Premi il mio petto e dormi. Splendemi in cuor l'Aurora.*
*(Gabriele D'Annunzio, Elegie Romane)*

*Casa Palleschi, Roma. Lunedì 11 maggio 1914*

L'alba tingeva di rosa le pareti della stanza attraverso la finestra aperta. Alfred la richiuse e immerse le mani nell'acqua tiepida del catino. Col tempo aveva scoperto che anche a Roma potevano esserci albe degne di quelle tedesche; era solo questione di abituarsi al differente scenario.

Si passò il sapone da barba sul viso bagnato e iniziò a radersi le guance, le stesse su cui Cesare aveva poggiato molte volte le labbra. Adesso che aveva preso la decisione di troncare con lui, tutti i momenti passati insieme gli sembravano più surreali ancora di quanto non fosse stato viverli, come se tutto si fosse svolto in un sogno. A tratti in un incubo. Avrebbe dovuto ringraziare di nuovo Flaminia per averlo aiutato ad aprire gli occhi una volta per tutte.

Immerse il rasoio nel catino, dove i residui di sapone si sciolsero nell'acqua, e si sciacquò il viso. Applicò un po' di pasta dentifricia sullo spazzolino e iniziò a strofinare i denti. Non sarebbe stato facile lasciare Cesare, visti i sentimenti che ancora provava nei suoi confronti, ma ormai la decisione era presa e non sarebbe tornato indietro. Probabilmente lui non avrebbe opposto resistenza, visto che sarebbe partito per il viaggio nuziale.

Sputò nel catino un grumo di dentifricio macchiato di rosso. Maledizione, si era spazzolato i denti con troppa foga. Al suo rientro in Germania avrebbe comprato uno di quegli spazzolini dalle setole morbide che aveva visto negli annunci pubblicitari sui quotidiani.

***

*Casa Palleschi, Roma. Domenica 7 giugno 1914*

Alfred tuffò la forchetta nel piatto di fettuccine, arrotolò la pasta e mandò giù un boccone. Il sapore dolce del sugo di pomodoro gli riempì la bocca e un pezzettino di basilico gli rimase incastrato tra i molari; ci passò sopra la lingua per rimuoverlo. Doveva resistere alla tentazione di guardare Cesare, doveva concentrarsi sul suo piatto e sull'ottima pasta, anche se percepiva il suo sguardo appiccicato addosso. Chissà se gli era mancato in quel mese di separazione.

Il signor Palleschi fece tintinnare il collo della bottiglia di vino sul bordo del bicchiere.

«Questo perché l'esercito ha chiesto nuovi rifornimenti, ma la produzione ora è rallentata», agitò il vino nel bicchiere con aria pensierosa. «Il costo dell'acciaio e del carbone sono aumentati e questo si ripercuote a catena su tutto. Ci mancavano poi solo questi ultimi disordini dei maledetti anarchici ad Ancona».

Il conte Sperelli aggrottò le sopracciglia.

«L'equipaggiamento militare è la priorità di ogni Stato serio. Dovrebbe essere il Re a intervenire, anche per fermare questi sciagurati e le loro inutili proteste. Spero solo non arrivino da queste parti».

«Roma è una calamita attira guai. Di certo non si lascerà sfuggire questi».

«Ecco, ci risiamo», sussurrò Flaminia poggiando le posate sul piatto. «Non voglio più ascoltare, questi discorsi mi fanno solo innervosire».

Cesare si stiracchiò sulla sedia e si guardò intorno.

«Certo che tornare qui da ospite fa un certo effetto».

Alfred ripulì il piatto dai rimasugli di pasta e raccolse il sugo con un pezzo di pane, come aveva imparato a fare dopo ormai molti mesi in Italia. Sperò che Gisella portasse presto il dolce, voleva alzarsi da tavola il prima possibile. Non voleva ricadere in tentazione. Aveva bisogno di tempo per andare avanti.

Come se gli avesse letto nel pensiero, Gisella arrivò per portare via i piatti sporchi e tornò in sala con un vassoio: sopra c'era una torta al cioccolato ricoperta di zucchero a velo.

«Una nuova ricetta», posò il vassoio al centro della tavola. «Me l'ha data una signora gentilissima di Ravenna, quando l'altro giorno sono andata al mercato».

Alfred allungò la mano per prenderne una fetta e l'assaggiò. Era soffice e dal retrogusto amaro, ma il boccone fece fatica a scendere nel suo stomaco contratto.

«Scusate, vado a prendere un po' d'aria».

Si allargò il collo della camicia beige con un dito. Stava soffocando dal caldo.

Fuori non tirava un refolo di vento, meno male che il sole era un po' coperto. Piazza Barberini era vuota: un gatto fece alcuni passi sul bordo della vasca della fontana del Tritone e balzò giù.

Qualcuno alle sue spalle lo raggiunse sul terrazzo; la porta cigolò e si richiuse. Alfred si contorse le mani. Sperò che non fosse proprio *lui*.

L'odore di pino silvestre gli stuzzicò le narici. Cesare gli si mise a fianco, posò gli avambracci sulla ringhiera e tirò fuori una sigaretta dalla tabacchiera.

«Bella giornata, eh?»

Alfred rimase immobile. Avrebbe voluto possedere la forza di ignorarlo e andare via senza degnarlo di uno sguardo. In fondo se lo meritava, dopo tutto quello che gli aveva fatto passare.

Cesare accese la sigaretta con un fiammifero, che gettò di sotto.

«Come va?»

Ma che razza di domanda era? Come doveva andare? Glielo chiedeva come se tra loro non fosse cambiato nulla, come se dopo il matrimonio potessero essere ancora amanti.

«Bene».

«Quelle nubi promettono pioggia».

Verso ovest le nuvole si stavano addensando. Magari la pioggia avrebbe portato un po' di refrigerio, anche se avrebbe aumentato l'umidità.

Cesare aspirò dalla sigaretta e fece cadere un po' di cenere.

«Spero di no, comunque», si voltò a guardarlo. «Così ci potremo fare una passeggiata».

*Bitte?* E quello che stava a significare ora? Davvero voleva che si continuassero a vedere?

«O-ora sei un uomo sposato. Non possiamo più fare passeggiate insieme».

La voce tremava e le gambe gli erano diventate deboli. Andò a sedersi su una sedia vicino al tavolino in ferro battuto.

«Che vorresti dire? Non vuoi più essere mio amante?»

«*Shhh*».

Ma era impazzito? Voleva farsi sentire da qualcuno? Dopo che Flaminia aveva confessato di averli visti, non poteva più essere sicuro di niente.

Cesare ridacchiò e scosse la testa. Gettò la sigaretta di sotto.

«Ti comporti come se tra noi fosse tutto finito».

«Pensavo era così. Non mi hai più rivolto parola, dopo che abbiamo litigato».

«Ero arrabbiato, anche se non ne avevo motivo», si massaggiò le mascelle affilate, come se fosse pensieroso. «Avevo bisogno di riflettere. Poi con il matrimonio imminente…»

«E hai riflettuto?»

«Sì», gli si avvicinò e lo guardò dritto negli occhi. «Ho riflettuto sul fatto che non voglio perderti. Che voglio continuare a stare con te».

Quelle parole gli strinsero il cuore. Quello sarebbe dovuto essere il momento perfetto per dirgli che anche lui aveva riflettuto e che era giunto alla conclusione opposta: ma dove lo trovava ora il coraggio di farlo?

«E con matrimonio?»

«La fai più complicata di quello che è. Quasi tutti i *frosci* sono sposati, altrimenti come si potrebbe pensare di tirare avanti?»

Quella superficialità non pensava potesse appartenergli. Voleva andarsene da lì, lasciarlo da solo e chiudersi in camera sua, ma non poteva abbandonarsi a quell'impulso infantile.

Cesare si voltò verso la piazza.

«Comunque, domani ci sei per fare quattro passi?»

Alfred si tormentò una pellicina che gli bruciava sul dito. Avrebbe dovuto dirgli che non c'era speranza, che la loro relazione era finita, ma non se la sentiva. Non voleva scatenare una reazione violenta di Cesare. Forse Flaminia non aveva tenuto conto di questo aspetto.

«Domani mattina ho lezione», si alzò e sperò che le sue gambe lo avrebbero retto. «E nel pomeriggio c'è mostra».

«Che tipo di mostra?»

«I pittori secessionisti in Palazzo delle Esposizioni».

«Magari possiamo andare insieme».

Alfred represse una smorfia. Lo sapeva che avrebbe detto così, anche se aveva sperato nel contrario. Doveva forse dirgli di no?

«Va bene».

Si odiò per quella risposta, ma forse poteva essere quello il momento migliore per farla finita.

«Perfetto. Sarà una giornata da ricordare».

Quelle parole gli fecero piombare un macigno sullo stomaco.

Nel bene o nel male, lo sarebbe stato davvero.

***

*Galleria delle Esposizioni, Roma. Lunedì 8 giugno 1914*

Alfred giunse all'incrocio con via Nazionale, intasata da uomini con le maniche della camicia arrotolate fino ai gomiti o che indossavano giacche logore e rattoppate; bandiere rosse del partito socialista e dei sindacati svettavano sulla folla. Doveva essere il corteo di una manifestazione: che i disordini di cui si parlava ieri fossero già arrivati a Roma?

«*Assassini*», urlò qualcuno tra la folla. «Siete dei maledetti assassini!»

Si ritrovò in mezzo a una calca di persone con volti sudati e segnati dalla fatica, ricoperti da folti baffi e barbe incolte. E ora come faceva a passare? Doveva ancora fare un bel pezzo di strada per arrivare al Palazzo delle Esposizioni, dove lo stava aspettando Cesare. Pensava che ci avrebbe impiegato giusto cinque minuti, ma adesso rischiava di rimanere bloccato.

«La città di Ancona non dimentica! Assassini!»

Le urla dei manifestanti gli riempivano le orecchie. Ai lati del corteo, i carabinieri a cavallo sorvegliavano la situazione: molti avevano la mano posizionata sull'elsa della sciabola, pronti a intervenire. I cavalli scalpitavano e sbuffavano dalle froge.

Alfred camminava sul marciapiede e cercava di farsi largo tenendosi il più possibile lontano dalla strada. La situazione stava prendendo una brutta piega; la sommossa poteva esplodere da un momento all'altro e non aveva molta voglia di trovarsi nel bel mezzo di una repressione violenta.

«Prima Giolitti, ora Salandra!» Un ragazzo, in piedi sul banco di un fruttivendolo, urlava dentro a un megafono. «Andate a casa sulle vostre gambe, prima che ve le tagliamo!»

Tra la folla si creò un piccolo varco, nel quale si materializzarono le scalinate del palazzo. Alfred ci si infilò. C'era quasi, mancava poco.

Qualcosa lo colpì sulla schiena e un dolore acuto gli riverberò nelle spalle. Cadde in avanti e ruzzolò sul marciapiede. I gomiti e le ginocchia si graffiarono sull'asfalto. Gambe e scarpe lo circondavano da ogni dove. Doveva rialzarsi, altrimenti lo avrebbero calpestato. Tirò su un ginocchio e si sollevò. Le ferite aperte gli bruciavano.

Due uomini si stavano afferrando per la collottola della camicia. Intorno a loro si era creato uno spazio vuoto. Parte della folla si era fermata a osservare.

«Stendilo!»

«Fagli vedere chi sei!»

Due carabinieri si avvicinarono alla scena. Uno dei litiganti sferrò un pugno contro l'altro: le nocche produssero un rumore sordo a contatto con la mascella. Quello colpito si accasciò a terra, mentre l'altro vide i carabinieri e scappò via. Gli agenti a cavallo lo guardarono allontanarsi, trattennero le briglie dei cavalli e tornarono al loro posto. Strano che lo avessero lasciato andare così.

Qualcuno si avvicinò all'uomo a terra, che sputò un grumo di sangue. Alfred si passò il fazzoletto sulla fronte sudata. E ora che doveva fare? Doveva prestare aiuto anche lui? La folla tornò a mescolarsi, nascondendo il ferito e i soccorritori alla sua vista. Meglio andare: era in ritardo.

Le ferite ai gomiti e alle ginocchia continuavano a bruciargli. I pantaloni e la camicia si erano strappati nei punti in cui aveva sbattuto. Che disastro, e ora come avrebbe fatto? Non poteva presentarsi da Cesare in quello stato. Al diavolo, non era poi così grave. Fino a qualche tempo prima quella sarebbe stata una tragedia. Sarebbe corso a casa a cambiarsi, pur di essere presentabile ai suoi occhi, ma ora quei tempi erano lontani.

Il corteo si andava sempre più diradando man mano che Alfred procedeva su via Nazionale. Cesare lo stava aspettando seduto sulle scalinate del palazzo.

«Eccoti», gettò la sigaretta a terra e lo guardò dalla testa ai piedi. «Hai partecipato anche tu alla manifestazione?»

«Più o meno».

«Andiamo, dai, prima che le guardie si decidano a fare il proprio lavoro».

Entrarono nell'ampia sala principale, a pianta esagonale e illuminata dalla luce che si diffondeva in tutto l'ambiente, proveniente dalla grande cupola di vetro sul soffitto. A differenza della facciata dalla forte connotazione neoclassica, l'interno aveva uno stile contemporaneo.

Cesare si avvicinò a un banchetto e tirò fuori dalla tasca alcune monetine argentate.

«Siamo in due».

L'addetto ai biglietti posò il quotidiano che stava leggendo e strappò due pezzi di cartoncino.

«Prego. Fanno due lire», prese anche due fascicoletti. «Questi sono i cataloghi della mostra con tutte le opere presenti».

Alfred afferrò il suo e vagò nella sala con il naso all'insù. Due file di colonne erano disposte lungo tutto il perimetro e alle pareti prive di finestre erano appesi molti dipinti. Doveva essere una mostra molto interessante.

Cesare gli passò vicino e indicò il primo corridoio a sinistra.

«Iniziamo da qui?»

Annuì, non vedeva l'ora. Dopotutto, visitare quella mostra in due era meglio che farlo da solo.

All'uscita dal museo, via Nazionale era deserta e avvolta da un silenzio assoluto. Qualche bandiera rossa abbandonata languiva sui sampietrini.

Cesare ridacchiò mentre scendeva i gradini della scalinata. «Pare che le forze dell'ordine si siano date da fare».

Alfred sospirò. Davanti agli occhi gli galleggiavano ancora i ricordi dei dipinti che aveva appena visto. Che mostra sublime. Altro che arte futurista, la vera innovazione si trovava nelle Secessioni. Il passato non andava distrutto, bensì usato come base per il futuro.

«Ti è piaciuta la mostra?»

«Moltissimo», Alfred non riusciva a togliersi dalla testa il dipinto *Il bacio*. «A te?»

«Mah. Mi sembra un'arte troppo convenzionale per i miei gusti».

«Davvero?» Non credeva alle proprie orecchie. «Anche le opere di Klimt non ti sono piaciute?»

«Soprattutto le sue. Non riesco proprio a capire che hanno di bello, con tutte quelle sbrilluccicature dorate».

Fino a qualche tempo fa quelle parole lo avrebbero ferito e probabilmente avrebbe cercato di fargli cambiare idea. O avrebbe finto di trovarsi d'accordo con lui. Come era stato sciocco. Erano persone troppo diverse per poter stare insieme.

Inspirò a fondo e gli afferrò il braccio. Se non gli avesse parlato, non lo avrebbe fatto più.

«Senti. Ti volevo dire una cosa».

«Devo preoccuparmi?»

Alfred si passò la lingua sulle labbra; il cuore gli batteva all'impazzata.

«Riguarda... riguarda noi», a pronunciare quella parola, un brivido gli corse lungo la schiena. «È da ieri che rifletto molto sopra la nostra relazione e ho preso una decisione».

Cesare lo guardava fisso con i suoi occhi verdi e quello sguardo gli fece morire le parole. Durante la notte se le era ripetute centinaia di volte, le aveva imparate a memoria, eppure in quel momento gli vennero meno.

«E che cosa hai deciso?»

«La nostra relazione non ha più un senso». Aveva parlato tutto d'un fiato, come se le parole pronunciate scottassero.

«Che vuoi dire?»

L'espressione di Cesare gli fece tenerezza. Pareva quella di un bambino a cui fosse stato negato un giocattolo.

«Non è più opportuno che ci vediamo. Molte cose sono cambiate».

«Stai dicendo di vederci solo una volta ogni tanto?»

No, non era quello che intendeva dire.

«Mi dispiace».

Le lacrime spinsero da dietro gli occhi di Alfred. Volevano uscire in libertà.

«Perché dici così? Tra poco tornerai in Germania e sarà tutto finito in ogni caso, no? Tanto vale approfittare del tempo rimasto».

Quelle parole spazzarono via ogni residuo di ammirazione nei suoi confronti. Niente più lacrime, non ne era degno. Lo aveva detto apertamente, per lui quell'amore era solo un trastullo.

«Del tempo rimasto mi importa nulla».

«Capisco, se è questo quello che vuoi...»

Cesare pescò una sigaretta dalla tabacchiera e si girò, cominciando a camminare nella direzione opposta.

«Ne riparleremo presto».

Si allontanò e girò al primo vicolo.

Alfred rimase in piedi sul marciapiede. Ma come aveva fatto a non rendersi conto subito di che razza di persona si era innamorato? L'amore – o quello che aveva ritenuto essere tale – l'aveva reso cieco e sordo, inebriandolo con la sua dolcezza.

Ma era miele che sotto di sé celava veleno.

# Il meriggio

*Ben eri tu, o Sole, a mezzo dei cieli alto, quando*
*io la promisi! Tutto era silenzio.*
*(Gabriele D'Annunzio, Elegie Romane)*

*Chiesa di Sant'Ivo alla Sapienza, Roma. Lunedì 29 giugno 1914*

«La guerra sarà inevitabile, ve lo dico io».

Lo studente che stava parlando indicò a uno a uno gli altri colleghi riuniti ad ascoltarlo. «Il tempo delle chiacchiere è finito. Se si tira troppo, la corda si spezza».

Alfred spostò il peso da una gamba all'altra e si voltò verso l'ingresso della facoltà. Doveva andare a studiare, gli esami erano imminenti, però voleva saperne di più sull'attentato della mattina precedente a Sarajevo. La morte dell'arciduca Franz Ferdinand lo aveva colpito molto.

«Sciocchezze!» Marco, in prima fila, era rosso in viso. «Ci sono già state crisi del genere, un maiale in meno non cambierà le cose».

«Ma che dici?» Leonardo fece un passo in avanti e si allontanò dagli altri studenti accalcati. «Anche secondo me la guerra sarà inevitabile. E l'Italia dovrà scegliere da che parte stare, se mantenere fede ai patti stipulati con i vecchi alleati o ai nuovi privilegi commerciali».

Marco si voltò verso l'amico.

«Come se la Triplice prevedesse l'entrata in guerra degli alleati in caso di conflitto. Non abbiamo nessun obbligo verso gli imperi centrali».

«Questo lo dici tu», Leonardo gli puntò l'indice contro. «Ma la realtà è un'altra cosa. Non possiamo di certo restare a guardare mentre il resto dell'Europa si prende a schioppettate».

La punta della lingua di Alfred fremeva, anche lui voleva dire la sua. Stava ascoltando un mucchio di sciocchezze. Alzò la mano.

Lo studente di prima si piazzò davanti a Marco.

«Dobbiamo approfittarne per entrare in Parlamento!» Si passò il pollice sulla gola. «Per scannarli tutti».

Alfred fece un passo in avanti con la mano alzata, ma nessuno lo stava notando.

«Ehi!»

Non riuscì a udire la sua stessa voce. Marco fece un passo indietro.

«Ragazzi, se il livello della discussione deve essere questo...»

L'altro studente gli si avvicinò: gli occhi sembravano voler uscire dalle orbite.

«Allora togliti di mezzo».

«Ehi!» Leonardo lo notò e sollevò le braccia. «Fermi tutti, Alfred ha qualcosa da dire».

Altri studenti si frapposero tra Marco e quello che lo stava minacciando. Il brusio continuava a essere intenso. Alfred riuscì a farsi strada. Poteva parlare o doveva aspettare?

Leonardo gli fece un cenno.

«Che volevi dire?»

«Secondo me...» Nessuno lo stava ascoltando, la sua voce si disperdeva nella confusione. «Secondo me questa crisi sarà simile a quelle marocchine».

Marco e l'altro studente si erano separati ed erano tornati ai propri posti. Qualcuno tra la folla si voltò verso di lui.

«In Germania se ne era parlato molto. Il *Kaiser* aveva già navi pronte per la battaglia, ma per fortuna hanno potuto evitare la guerra».

Il brusio era diminuito, ora lo stavano ascoltando. Strano che nessuno lo avesse interrotto.

«Secondo me anche in questo caso sarà lo stesso», continuò. «Con la diplomazia si può risolvere tutto. La guerra ci sarà solo se qualcuno la vuole».

«Tutti vogliono la guerra», quello che aveva aggredito Marco gli si avvicinò. «Non possiamo perdere questa occasione».

«Con la Francia era diverso», un altro studente gli toccò un braccio per attirare la sua attenzione. Aveva i capelli tagliati cortissimi. «Il vostro Imperatore non avrebbe mai mosso guerra a un Paese così forte».

«Dimentichi la Russia! La Serbia è un loro servo e gli zaristi non ci metteranno niente a reagire».

«Ancora meglio. Così li ricacciamo nella Siberia una volta per tutte!»

Alfred fece un passo indietro, ormai nessuno gli dava più retta. Le voci si mescolavano tra loro in un amalgama indistinto.

Meglio approfittarne. Si sganciò dalla folla e si avviò verso la facoltà. Che stesse per scoppiare veramente un conflitto? Una nuova guerra nel cuore dell'Europa dopo così tanti anni di pace? Ci credeva poco, eppure poteva ravvisare un fondo di verità nelle parole degli altri, seppure aggressive. Però era riuscito a dire la sua opinione senza allinearsi a quelle degli altri: soddisfazione che gli scaldava l'anima più di quanto il sole di giugno gli stesse scaldando il viso e le mani. Accolse con sollievo l'ombra e il refrigerio delle stanze della facoltà.

*Casa di Elena e Cesare, Roma. Sabato 18 luglio 1914*

La domestica servì al signor Palleschi un'altra porzione di sformato di patate, che non rifiutò.

«Delizioso. Volete proprio farmi ingrassare, eh?»

Elena si passò il tovagliolo sugli angoli della bocca. «L'ho cucinato io con le mie mani. Loretta ha fatto di tutto per tenermi lontana dai fornelli, ma alla fine ho avuto la meglio».

E si vedeva... Alfred si costrinse a mandare giù un altro boccone dello sformato, asciutto e troppo cotto. Mancavano di sicuro un po' di latte e di burro.

«Una vera padrona di casa».

Cesare si mise una mano sulla pancia.

«Così, se scoppia la guerra, almeno non ci vado a stomaco vuoto».

Il signor Palleschi ridacchiò e posò una mano sul braccio della moglie.

«Buona questa!»

Frammenti di cibo volarono dalla sua bocca.

La moglie sollevò lo sguardo al soffitto e si limitò a sospirare. Chissà dove la trovava la pazienza per sopportare un uomo del genere, con il quale non sembrava avere niente in comune. Lei aveva un portamento decisamente aristocratico, al contrario del marito, rozzo e trasandato dietro l'apparenza di ricchezza e benessere. Strano che non avesse scelto un uomo come Sperelli, al quale ogni tanto rivolgeva un'occhiata fugace. Sicuramente con lui avrebbe formato una coppia più affiatata, anche se non aveva nessun diritto di giudicare la vita sentimentale degli altri, visto i disastri che aveva compiuto con la sua.

Il conte sorseggiò il vino rosso con aria impassibile.

«La guerra sembra avvicinarsi davvero», posò il bicchiere e si tormentò le mani rugose e chiazzate dalla vecchiaia. «E ci sarà poco da scherzare quando arriverà. Avremo bisogno dei nostri uomini migliori», si voltò verso Alfred. «E dei nostri alleati».

Perché lo stava guardando? Pensava che fosse un rappresentante politico della sua nazione? Gli venne da ridere al pensiero e si morse il labbro per trattenersi.

«Su questo non ci sono dubbi», il signor Palleschi si passò il tovagliolo sulla bocca e tornò serio, come se si fosse pulito dal sorriso oltre che dai rimasugli di cibo. «Scenderemo sicuramente in campo al fianco dei nostri amici germanici. Fabbriche sia austroungariche che tedesche mi hanno già confermato il loro eventuale supporto».

«Non ci metterei la mano sul fuoco», intervenne Leonardo, seduto accanto a Flaminia. «Non so quanto gli austriaci siano considerati "amici" in città come Trento e Trieste».

«Ah, Leonardo, sei davvero un caro ragazzo. Ma pecchi ancora di ingenuità e di poca esperienza. Col tempo capirai che l'irredentismo è solo una scusa per manovrare l'opinione pubblica e che le decisioni reali si prendono sulla base di precisi interessi economici», picchiò più volte l'indice sul tavolo. «Vedrai se non avrò ragione».

Cesare scosse la testa.

«Tutte fandonie, non ci sarà mai una guerra. Mi spiace, Giovanni, ma dovrai trovare un altro modo per arricchirti».

Suo padre divenne rosso in viso. Aprì la bocca come a voler ribattere, guardò la moglie, il conte Sperelli e la richiuse. Elena era concentrata sul suo sformato.

Che parole pesanti, Alfred non si aspettava che Cesare potesse essere così duro con suo padre.

Il tintinnare di piatti e bicchieri era diventato l'unico suono della sala da pranzo. Accanto a lui, Flaminia aveva smesso di mangiare: nel suo piatto c'era ancora mezza porzione di sformato. Leonardo invece se la rideva sotto i baffi.

La signora Palleschi si voltò verso la nuora.

«Quante uova ci hai messo?»

Elena la guardò con occhi vuoti e spostò lo sguardo sullo sformato.

«Oh. Due. La ricetta diceva uno, ma mi sembrava poco».

Il conte si schiarì la voce e si rivolse ad Alfred.

«In Germania che si dice? Hai avuto notizie?»

Ancora. Forse pensavano davvero che avesse incarichi politici o diplomatici, ma si stavano confondendo con suo padre. Si pulì la bocca con il tovagliolo e bevve un sorso d'acqua.

«Non saprei. Ho sentito solo che, se Franz Joseph veramente dichiarerà guerra alla Serbia, il nostro *Kaiser* si schiererà al suo fianco. Su Italia non so niente».

«Lo vorrei proprio vedere il nostro Paese fare da voltagabbana e schierarsi con quei porci di inglesi e francesi», il signor Palleschi lanciò un'occhiata a Leonardo. «Sarebbe una catastrofe che condannerebbe la nostra nazione per i decenni successivi».

Flaminia si sporse verso Alfred.

«Parlano di guerra come se fosse una chiamata alle urne. Io non ho parole».

Iniziò a tormentare con le posate qualche avanzo di crosta dello sformato.

Ma a cosa gliene importava di tutta quella faccenda? Davanti a lui, Cesare si rilassò sullo schienale e sorseggiò il suo vino. Era passato più di un mese e non avevano ancora fatto quella conversazione che gli aveva promesso dopo la mostra. Forse ne avrebbero parlato dopo pranzo: la casa dei novelli sposini era grande e ci sarebbero potute essere molte occasioni per restare da soli. Cesare, però, aveva ripreso a ignorarlo.

In altre circostanze ci sarebbe rimasto male, avrebbe fatto di tutto per attirare la sua attenzione. Quanto era stato sciocco. Pensieri del genere non lo tormentavano più. Se avesse voluto parlare, lo avrebbe trovato lì, disposto ad ascoltarlo.

*Spiaggia della Renella, Roma. Giovedì 23 luglio 1914*

Alfred camminava sulla passerella in legno lungo il corso del Tevere, all'ombra delle casupole che sembravano ammucchiate una sopra l'altra. Che caldo asfissiante. Era pomeriggio inoltrato, ma sembrava ancora mezzogiorno. Si passò il fazzoletto sul viso per asciugare il sudore che gli gocciolava sugli occhi. In spiaggia, sulla riva del fiume, alcuni bambini e bambine in mutande si stavano schizzando tra grida di piacere. Quanto avrebbe voluto fare lo stesso. Perfino gli operai che lavoravano ai muraglioni stavano oziando, sdraiati con la schiena poggiata sui pali delle impalcature di legno; avevano il viso rugoso e cotto dal sole, le vanghe abbandonate a terra dentro le fosse.

«*E pijala*».

«*Aridaje! T'ho detto de no*».

Poco più avanti, un uomo era in piedi con una mela in mano fuori dalla sua bottega. Un altro si stava allontanando scuotendo la testa. Sulla porta c'era un palo verniciato con strisce oblique bianche e rosse. L'uomo si voltò verso Alfred e gli mostrò una mela gialla, dalla buccia lucida.

«La voi te? Oggi c'ho avuto pochi clienti, nun ce sta manco 'n mozzico».

Ma di che stava parlando? Chinò il capo e passò oltre. Le voci che aveva sentito su quel rione sembravano vere: a Trastevere circolava strana gente.

Attraversò la strada, oltrepassò l'impalcatura degli argini in via di costruzione e giunse in spiaggia. La sabbia era scura, sembrava terra, e qua e là sbucavano pietre e ciuffi d'erba. I ragazzi in acqua si erano spostati più al largo; due donne a petto scoperto si lavavano i capelli di fronte a uomini in mutande sdraiati sotto il sole. Un cartello, legato a un paletto di legno conficcato nella spiaggia, recitava:

*SPIAGGIA DELLA RENELLA*
*È PROIBITO AI BAGNANTI, TANTO UOMINI CHE DONNE, DI USCIRE SIA SULLE RIVE DEL TEVERE, SIA NELLE BARCHE, SE NON CONVENIENTEMENTE VESTITI*

Non sembrava che quella regola venisse rispettata molto. Che doveva fare, seguire quella prescrizione o fare come tutti gli altri? Moriva dalla voglia di togliersi il cappello e sbottonarsi un po' la camicia sudata appiccicata alla schiena.

Arrivò al termine della passerella. A ridosso del cantiere dei muraglioni c'erano molte baracche e capannoni di legno dall'aria abbandonata. Un gabbiano atterrò sulla riva e iniziò a rincorrere le papere. Ma dov'era Cesare? Controllò l'orologio: era in orario per l'appuntamento che gli aveva dato. Non è che si era sbagliato e doveva andare sulla riva opposta del Tevere? Ma no, la spiaggia della Renella era questa, lo aveva letto pure sul cartello.

«Ehi, sono qui!»

Sobbalzò nell'udire la voce di Cesare. Si voltò; un uomo a torso nudo lo salutava con la mano. Ecco dov'era, non lo aveva riconosciuto. Se ne stava seduto sulla sabbia, senza cappello e con la camicia bianca arrotolata intorno al collo. Alfred arrossì. Il suo corpo nudo non lo avrebbe mai lasciato indifferente. Un cane gli corse incontro, il pelo zuppo gocciolava sulla spiaggia: in bocca stringeva un pezzo di legno.

«Eccoti qui», Cesare rimase seduto a terra, le mani affondavano nella sabbia scura. «Per un attimo ho pensato che Gisella non ti avesse riferito il messaggio».

Gli si sedette accanto.

«Sicuro che lei non dice niente?»

«Tranquillo, mi fido ciecamente di lei. Come stanno andando gli esami?»

«Ho quasi finito. In qualche giorno farò l'ultimo».

Tornare a parlare con lui come se niente fosse gli faceva uno strano effetto.

«I tuoi genitori devono essere orgogliosi di te».

I suoi genitori. Con tutto quello che era successo, non aveva pensato molto a loro in quei mesi. Chissà come stavano, cosa ne pensavano di tutti quegli avvenimenti che stavano scuotendo l'Europa. Moriva dalla voglia di riabbracciarli.

«I miei, invece, sarebbero disposti a vendermi al miglior offerente», Cesare fece una smorfia. «Soprattutto mio padre, che pur di arricchirsi non vede l'ora che scoppi una guerra».

«Non dire questo. Sono sicuro che si comportano così solo per il bene di famiglia».

«Sarà... Comunque, stavo pensando...» aveva uno sguardo corrucciato: fissava un punto imprecisato nell'orizzonte e le labbra erano serrate.

«A cosa stavi pensando?»

Cesare espirò e si scrocchiò i pollici. Lo guardò con occhi lucidi.

«Che ne dici se... Se scappiamo via?»

*Was?* Doveva aver capito male, non poteva aver detto così. «Come, scusa?»

«Voglio andare via. Non ce la faccio più a stare qui», la sua voce tremava. «Ti-ti andrebbe di venire con me?»

Non credeva alle proprie orecchie. Era pronto a sentirsi dire l'esatto contrario, e invece... Anzi, *sperava* di sentirsi dire l'esatto contrario.

Alcuni bambini sulla riva si stavano spintonando in acqua con grandi schiamazzi. Alfred si asciugò le mani sudate sui pantaloni.

«Come mai dici una cosa simile?»

«Ci ho pensato a lungo», Cesare tornò a guardare il fiume. «Per questo ho rimandato così tanto la nostra conversazione. Però ora ho capito», poggiò una mano sopra la sua; granelli di sabbia gli si erano infilati sotto le unghie. «Io ti amo. Voglio stare con te e voglio vivere il nostro amore in un posto dove sia possibile farlo».

Alfred si ritrasse a quel contatto, come se le dita scottassero. Cesare riaffondò le mani nella sabbia.

«In Libia, dove ora ci sono più italiani che africani, o in America. Insomma, un posto sperduto dove quelli come noi possono vivere in santa pace».

"Quelli come noi". Alfred rabbrividì a quelle parole, come se fosse vittima di una qualche malattia strana. In effetti la gente lo avrebbe davvero considerato malato, se avesse saputo.

«Pensaci. Potremmo vivere il nostro amore alla luce del sole, senza preoccuparci di ciò che penserebbero i nostri familiari».

«Ed Elena?»

Non era riuscito a trattenersi. Davvero era disposto a mollarla così?

«Ma cosa vuoi che me ne freghi di lei. Le lascerò tutto e potrà vivere di rendita, tanto lo sappiamo tutti che mi ha sposato solo per i soldi», gli strinse un'altra volta la mano. «Io non voglio stare con lei. Voglio stare con te».

Se solo gli avesse detto tutte queste cose prima del matrimonio…

«Non lo so, ci devo riflettere sopra».

Cesare gli si avvicinò ancora di più e lo sfiorò con un bacio sulla guancia.

«Va bene».

Si alzò e se ne andò senza voltarsi indietro.

Alfred si toccò la guancia e si guardò intorno: sperò che nessuno li avesse visti.

La zona d'ombra delle case sulla spiaggia si stava allungando; il sole aveva iniziato a calare verso ovest e in acqua era rimasto solo qualche barcaiolo.

Non riusciva a credere a quello che era appena successo. Cesare lo aveva spiazzato ancora una volta, facendogli mettere in discussione quelle nuove certezze. Si fece scorrere la sabbia tiepida e appiccicosa tra le dita. Da un lato voleva rimanere fedele al suo proposito, alla convinzione che quella storia dovesse finire; dall'altro, però, quella proposta apriva nuove possibilità a cui non aveva pensato. In effetti, scappare via poteva essere una soluzione. Avrebbero potuto davvero raggiungere un luogo in cui non conoscevano nessuno e in cui poter vivere più liberamente il proprio amore.

Alfred scosse la testa e si alzò. Non aveva senso starci a pensare, doveva ascoltare il proprio cuore. Camminò verso la passerella. Cesare aveva detto di amarlo, ma era vero? E lui, lo amava ancora? Era troppo confuso per darsi subito una risposta. Doveva far passare un po' di tempo.

I sentimenti che provava nei suoi confronti erano come brace rimasta accesa. Il fuoco era scomparso, ma se avesse soffiato nei punti giusti, sarebbe potuto tornare a divampare.

## Sera d’estate

*Vaghi ti cadono su ’l fronte i riccioli,*
*su ’l labbro tremola un desiderio…*
*Ah! così non guardarmi!…*
*Il tuo sguardo m’affascina.*
*(Gabriele D’Annunzio, Primo Vere)*

---

*Corso Vittorio, Roma. Mercoledì 29 luglio 1914*

Alfred scese dal tram. Tutt’intorno a lui si affollavano gruppi di impiegati che correvano con le valigette in mano, carabinieri a cavallo che pattugliavano le strade e nullafacenti che, sdraiati per terra o affacciati alle finestre dei palazzi, osservavano il frenetico scorrere della quotidianità.

Dove diavolo erano i giornalai quando servivano? Era in ritardo per il suo ultimo esame di storia dell’arte, ma prima voleva sapere cosa era successo. Nel tram tutti stavano parlando dell’Austria-Ungheria e di un ultimatum. Non poteva essere accaduto davvero quello che pensava.

«Accorrete, gente. Accorrete!»

Dall’altro lato della strada, uno strillone sventolava in aria un quotidiano.

«Notizie sensazionali!»

Alfred attraversò Corso Vittorio; lo squillo del clacson di un’automobile gli fece male a un orecchio. Un uomo si sporse dal posto di guida e gli fece il gesto dell'ombrello.

«E levate dai cojoni».

L'automobile ripartì in un rombo, emettendo una nube di fumo nero.

Tossì e si mise una mano sulla bocca. Maledizione, doveva stare più attento. Si trovava nel bel mezzo della strada, circondato da scalpiccio di cavalli e cigolii di ruote delle carrozze. Fece qualche passo in avanti, si fermò per lasciar passare una vettura e continuò a camminare. Raggiunse il marciapiede; lo strillone consegnò una copia del *Giornale d'Italia* a un altro cliente.

«Venite, gente, venite!»

Alfred prese il borsello e tirò fuori una moneta.

«Una copia, grazie».

Lo strillone gli diede il quotidiano. Il titolo in prima pagina recitava:

*LA GUERRA È DICHIARATA*

*Ach so!* Rimase in piedi con il giornale in mano, non poteva credere ai suoi occhi. Era scoppiata la guerra. I fogli di carta sottile iniziarono a tremare. Allora questo voleva dire che...

Ripiegò il giornale e lo infilò nella borsa. Doveva andare in facoltà, alla guerra e alle sue conseguenze avrebbe pensato dopo. Ora doveva occuparsi solo del suo ultimo esame con il professor Moscati.

***

Alfred uscì dall'università e si abbandonò sul muro di pietra che costeggiava la strada. Ce l'aveva fatta, aveva superato l'ultimo esame. Dopo la figuraccia di diversi mesi prima alla lezione di storia dell'arte di Moscati, non era poi così sicuro di riuscirci. Sembrava essere accaduto un'eternità prima. Si incamminò verso la fermata del tram, una volta a casa avrebbe potuto rilassarsi. Eppure, il tarlo della proposta di Cesare continuava a rosicchiargli la mente. Non aveva ancora preso una decisione, si era concentrato sullo studio senza pensare ad altro.

Giunse alla fermata, ma continuò a camminare. La strada fino a casa era lunga e il caldo si faceva sentire, ma forse la passeggiata gli avrebbe schiarito le idee. Tanto non aveva fretta.

Arrivò prima ancora di aver trovato una risposta. Palleschi, seduto sulla sua poltrona, era intento a leggere *Il Messaggero*; le dita stavano stropicciando un angolino dei fogli. Doveva essere un articolo sullo scoppio della guerra.

«Gisella mi ha lasciato una lettera per te», indicò una busta sul tavolo senza sollevare lo sguardo dal quotidiano. «Da parte di tuo padre. Ah, quando gli rispondi ricordati di salutarlo da parte mia».

«Grazie».

Suo padre non gli scriveva spesso, per cui ogni sua lettera era fonte di gioia, anche se in quella circostanza avrebbe preferito non ricevere niente.

Sedette sul letto in camera sua, aprì la busta col tagliacarte e spiegò il foglio: il cuore gli batteva all'impazzata.

*Caro Alfred,*

*vorrei tanto scriverti per portarti liete nuove ma per questa volta mi è impossibile. Quando questa lettera ti giungerà, lo scoppio del conflitto tra l'Impero Asburgico e il Regno di Serbia sarà ormai reso ufficiale anche in Italia. Se Dio vuole, il nostro Reich potrebbe essere risparmiato dal dilagare del conflitto, ma si tratta di un'eventualità molto remota. Mi hanno riferito infatti che Sergej Dmitrievič Sazonov, ministro degli esteri russo, abbia annunciato alla nostra ambasciata che domani lo Zar inizierà a mobilitare il suo esercito contro l'Austria. Stando così le cose, il nostro Kaiser non potrà restare a guardare. Viviamo in tempi bui, figlio mio. Ti prego di tornare a casa al più presto, in modo che possiamo rivederti prima che tu vada a servire la patria come ogni bravo tedesco dovrebbe fare, con la speranza di riaverti qui entro Natale: sono sicuro che questa guerra sarà breve e facile da vincere.*

Brividi gli corsero lungo la schiena, le mani gli tremavano. Allora era vero. Doveva tornare a casa, non aveva scelta, e doveva farlo il prima possibile. Domani stesso sarebbe andato in stazione a prendere il biglietto.

Poggiò il foglio sulla scrivania. Il messaggio che Cesare gli aveva fatto recapitare molti giorni prima per l'incontro in spiaggia era piegato vicino ai suoi libri. Lo prese e rilesse le parole vergate dalla persona che aveva amato con tutto sé stesso.

Aveva considerato a fondo i vantaggi e gli svantaggi di quella proposta folle che lo aveva turbato fin nel profondo. Certo, scappando con lui in Libia o in America sarebbe potuto sfuggire all'arruolamento... Scosse la testa, accartocciò il foglio e lo gettò nel cestino. No, non poteva accettare. L'idea di una nuova vita, lontano da tutto e da tutti, per un attimo gli aveva offuscato la mente, ma lo sviluppo degli ultimi eventi lo fece rinsavire.

Non poteva scappare. Non sarebbe mai diventato disertore della propria patria per qualcuno che lo aveva fatto stare così male. Cesare diceva che lo amava, ma era vero? E quanto sarebbe durato? Le parole di disprezzo che aveva rivolto contro Elena lo avevano fatto riflettere. Chi poteva garantirgli che, prima o poi, non avrebbe avuto lo stesso atteggiamento anche nei suoi confronti? Proprio come aveva fatto nella loro litigata, il giorno di Pasqua.

Prese di nuovo la lettera del padre e la rilesse. I suoi genitori, il suo Wilhelm, lo stavano aspettando a Mainz. Doveva tornare da loro. Non avrebbe mai potuto tradire la fiducia della sua famiglia.

*Qualche ora dopo*

Il signor Palleschi lo guardò con occhi sgranati.

«E quando partiresti?»

Alfred si passò le mani sudate sui pantaloni. In quella maledetta sala stava soffocando.

«Pensavo che domani potevo andare a prendere il biglietto. E che potevo partire già dopodomani, se riesco».

Flaminia era rimasta con la forchetta sollevata a mezz'aria.

«Sicuro che non vuoi aspettare ancora qualche giorno?»

«No, preferisco partire subito. Prima torno a casa e meglio è».

Casa. Un misto di *Heimweh*, nostalgia e agitazione lo pervase nel pronunciare quella parola.

Il signor Palleschi si versò un altro po' di vino.

«Capisco. Allora domani bisognerà organizzare una festa in tuo onore, per salutarti come si deve», sollevò il bicchiere. «Grazie per essere venuto nella nostra Italia. Ti auguro il meglio per il futuro».

Con la guerra all'orizzonte, il futuro non gli appariva dei più rosei, ma sarebbe stata sicuramente una faccenda breve.

«Grazie a voi per tutto».

Buttò giù l'ultimo sorso di vino rosso; gli sarebbe mancata quella bevanda così corposa. Li avrebbe mai più rivisti in futuro? Avrebbe mai più rivisto Cesare? Si passò il tovagliolo sulla bocca, che impresse una macchiolina violacea sul tessuto bianco. Domani lo avrebbe salutato. Chissà quali parole sarebbe riuscito a dirgli in quel triste addio.

# Congedo

*Libro, tu Roma nostra vedrai. Ti manda a la grande*
*Madre colui che molto l'ama, che sempre l'ama.*
*Recale tu il dolente amore e il desío che distrugge*
*l'esule, e il van rimpianto, ahi, del perduto bene.*
*Io non tentai nel verso esprimere l'alta bellezza.*
*Troppo ella è grande e troppo umile è il verso mio.*
*Sol chiusi in te, o Libro, de l'anima mia qualche parte.*
*Va' senza gioja. Quasi cenere fredda rechi!*
*(Gabriele D'Annunzio, Elegie Romane)*

*Casa Palleschi, Roma. Sabato 1° agosto 1914*

Alfred strinse il cravattino rosso, si sistemò il colletto della camicia beige di cotone e indossò la giacca marrone scuro. Sul letto era adagiato il completo azzurro con la camicia di tela batista che Cesare gli aveva regalato quando erano andati alla boutique di Lazaro Bloch. Non l'aveva più indossato dal giorno del matrimonio e non lo avrebbe portato con sé a casa. Troppi ricordi. Adagiò il completo su una gruccia di legno nell'armadio, dove sarebbe rimasto. Accarezzò i petali finti del narciso all'occhiello. Quel fiore all'inizio gli era sembrato adatto all'abito, nonostante fosse finto. Come aveva fatto a non rendersi conto di quanto invece stonasse nel suo complesso? Lo staccò dall'occhiello e se lo mise nella tasca della giacca. Sarebbe stata l'unica cosa a tornare con lui in Germania e lo avrebbe conservato finché non ne avesse trovato uno vero. A imperitura memoria di come il loro amore fosse stato finto, come quel fiore.

Prese l'orologio dal taschino; mancavano dodici minuti alle otto. Strinse ancora una volta il cravattino e camminò avanti e indietro nella stanza. Quella sera avrebbe dovuto dire a Cesare che tornava a casa, che era costretto a rifiutare la sua proposta e che non si sarebbero mai più rivisti. Il signor Palleschi gli aveva detto di averlo già informato sulla sua decisione. Sperò solo di risparmiarsi una sua scenata.

Andò in salotto, dove Flaminia stava aiutando Gisella a sistemare le posate e i piatti sotto la supervisione della madre. Seduto sulla sua poltrona, suo padre fumava la pipa che il conte Sperelli gli aveva regalato a Natale; sul divano davanti a lui, Leonardo sedeva a gambe incrociate e con il mento poggiato sul palmo. Non sapeva che fosse già arrivato.

«Ecco il festeggiato!» Il signor Palleschi esalò una boccata di fumo. «Faremo in modo di farti ripartire per la Germania con un gran bel ricordo del nostro Paese».

Leonardo si raddrizzò con uno scatto e si alzò dal divano.

«Pensavi di andartene senza dire niente, eh?»

Gli porse la mano e Alfred gliela strinse.

«Sono molto felice che sei qui».

«Non potevo certo lasciarti partire senza un'ultima sbronza insieme», il sorriso scomparve dal suo volto. «Potrebbe anche essere l'ultima».

Ma cosa gli passava ora per la testa?

«Non dire così, ci rivedremo sicuramente».

«Lo spero. Magari, però, non sul campo di battaglia».

Suonò il campanello: dovevano essere Cesare ed Elena. Gisella andò ad aprire e dall'ingresso provennero le voci di Sperelli e della figlia.

L'ombra di un cattivo presentimento gli si allargò nello stomaco.

«Dov'è Cesare?»

Elena gli rivolse un'occhiataccia, come se avesse detto una bestemmia.

«A casa. Non si sentiva molto bene».

Una secchiata d'acqua gelida gli cadde addosso. Non aveva neanche preso in considerazione l'idea che potesse non venire. Questo voleva dire che...

Gisella entrò con le tartine e i panini imbottiti. Gli altri iniziarono a sedersi trascinando le sedie sul pavimento. E se quella di Elena fosse solo una scusa? Magari Cesare si era offeso perché non gli aveva dato una risposta e perché era venuto a sapere della sua partenza dal padre. Aveva sbagliato tutto. Avrebbe dovuto scrivergli una lettera.

Gisella gli riempì il piatto con un brodino di vitello. Al diavolo, non poteva più stare male per causa sua. Quell'inconveniente non gli avrebbe rovinato la serata. Cesare non era venuto a salutarlo, a festeggiare con lui per l'ultima volta? Avrebbe accettato quella decisione senza guastarsi la sua ultima serata a Roma.

***

*Stazione Termini, Roma. Domenica 2 agosto 1914*

L'enorme orologio sopra i tabelloni delle partenze e degli arrivi segnava le 5.45 del mattino. Alfred camminava a passo lento. Aveva ancora mezz'ora di tempo. Passò accanto ad alcuni mendicanti sdraiati nell'atrio principale e si diresse verso l'ultimo binario, quello dove il suo treno aspettava di partire.

In lontananza, alcuni operai trapanavano con il martello pneumatico le piastrelle del pavimento. Lungo la banchina di uno dei binari, il capostazione camminava avanti e indietro. Non gli sembrava vero che stava per tornare a casa, che di lì a breve avrebbe rivisto i suoi genitori. Per poco tempo, certo, ma li avrebbe riabbracciati. La sua vita prima dell'arrivo a Roma aveva assunto la consistenza di un lontano ricordo, di un sogno: chissà se anche i mesi trascorsi con la famiglia Palleschi avrebbero avuto la stessa sorte.

Camminò lungo i corridoi deserti e passò accanto alla biglietteria chiusa. Non c'era traccia della confusione che lo aveva accolto al suo arrivo. Erano trascorsi solo dieci mesi, ma sembrava un'eternità. Desiderò imbattersi nel sé stesso dell'anno precedente, in quel ragazzo sprovveduto appena sceso dal treno proveniente dalla Germania, così da avvertirlo di tutti i pericoli a cui stava andando incontro; ma era una cosa sciocca da pensare. Se era cambiato, se era riuscito finalmente ad accettare sé stesso con tutti i suoi limiti e difetti, era proprio grazie agli errori commessi e alle sofferenze patite.

Il treno fischiò; dai fumaioli della locomotiva fuoriuscivano nubi grigiastre che si addensavano fino alle travi di ferro battuto del tetto della stazione. Era ora di salire a bordo. Tirò fuori il biglietto. Il suo scompartimento si trovava in una carrozza centrale. Camminò lungo la banchina, i suoi passi risuonavano nel silenzio della mattina. Mostrò il biglietto al capotreno ed entrò.

Lo scompartimento era vuoto. Alfred caricò la valigia sul vano superiore, prese posto accanto al finestrino e dalla giacca tirò fuori il suo taccuino. Lo sfogliò, lì dove aveva disegnato i ritratti di Cesare. Chissà che avrebbe fatto, se si fosse presentato in stazione in quel momento, correndogli incontro e implorandolo di non partire. Forse solo in quel caso sarebbe rimasto a Roma.

La porta dello scompartimento si aprì ed entrò un signore di mezza età, in sovrappeso e dai folti baffi biondastri.

«Buongiorno, giovanotto», gli si sedette davanti e posò la sua valigia in pelle per terra. «È sempre bello viaggiare a quest'ora della mattina. Non c'è mai nessuno».

«Vero».

Il signore si infilò il monocolo sull'occhio sinistro.

«Tanto alla mia età non riesco più a dormire, mi sveglio sempre ben prima dell'alba», prese un sigaro dal taschino della giacca e se lo portò alla bocca. «Le dispiace se fumo?»

«Prego, faccia pure».

«Grazie, giovanotto», il signore tagliò la parte finale del sigaro e ne bruciò l'estremità con l'accendino. «Ormai non fumo più tanto, però non riesco a iniziare la giornata senza il sapore di un buon sigaro».

Il fumo iniziò a diffondersi nello scompartimento in un aroma penetrante. Alfred si pentì di avergli detto di sì. Aprì un po' il finestrino.

Il treno fischiò un'altra volta, imitato subito dopo dal capotreno. La carrozza iniziò a muoversi. Nessuna traccia di Cesare, come del resto si aspettava. Ma andava bene così. Stava accadendo davvero, se ne stava andando da Roma. Una fitta di panico gli tolse il respiro. Chiuse gli occhi e inspirò a fondo; il fumo del sigaro aiutò a calmargli un po' i nervi. Non aveva motivo di essere spaventato, a Roma ormai non c'era più niente per lui, se non delusioni e speranze disattese. Presto avrebbe avuto altro a cui pensare e quei mesi sarebbero diventati solo un gradevole ricordo a cui pensare con nostalgia.

Le pareti della stazione lasciarono spazio ai campi incolti che circondavano la città. Un pastore conduceva un gregge di pecore insieme a un grosso cane bianco. La carrozza sobbalzò e il taccuino gli cadde a terra. Un'idea gli balenò nella mente. E se avesse scritto a Cesare, affidando alla carta tutto quello che avrebbe voluto dirgli di persona? Quella lettera che si era pentito di non avergli fatto avere prima della festa. Certo, non sarebbe stata la stessa cosa, ma doveva rimediare in qualche modo. Raccolse il taccuino da terra, prese la sua stilografica Pelikan e iniziò a scrivere.

«Una lettera per la fidanzata?»

Il signore lo guardava con aria maliziosa.

«No, alla persona che ho amato».

Alfred riabbassò lo sguardo e continuò a scrivere, sperando di riuscire a districare su carta tutto il groviglio di sentimenti ed emozioni contrastanti che stava provando in quel momento.

# Ultimo sogno

*Libero!... inerte sì, forse, quand'io*
*le mani al petto sciogliere volessi:*
*ma non volevo. Udivasi un fruscìo*
*sottile, assiduo, quasi di cipressi;*

*quasi d'un fiume che cercasse il mare*
*inesistente, in un immenso piano:*
*io ne seguiva il vano sussurrare,*
*sempre lo stesso, sempre più lontano.*
*(Giovanni Pascoli, Myricae)*

*Giovedì 30 luglio 1914*

Le dita di Cesare scivolavano sui tasti del pianoforte una nota dopo l'altra; gli accordi dissonanti echeggiavano nel salone. Alfred ancora non aveva fatto sapere niente riguardo alla sua proposta, ma era solo questione di tempo, non poteva rifiutare un'offerta così allettante. Sarebbe stato un folle.

Il nervosismo gli faceva prudere le dita, che picchiavano sui tasti come se ciò potesse fargli tornare il buonumore. Nemmeno una lettera, né un bigliettino o qualcosa di simile, in quei giorni di attesa. E se gli avesse detto di no? Se fosse stato così stupido da dargli una risposta negativa? No, non doveva lasciarsi andare a simili pensieri, poiché lo aveva di sicuro impressionato con la sua proposta di scappare, glielo aveva letto dall'espressione che aveva sul viso. Doveva solo aspettare.

Il campanello di casa suonò. Che fosse lui? La domestica ciabattò dalla cucina e andò ad aprire. No, non poteva essere. Non sarebbe mai venuto a casa sua, non era da lui.

«Buondì, Loretta», la voce di suo padre giunse ovattata dall'ingresso. «Mio figlio è in casa?»

«Prego, è in salotto».

Cesare abbassò il coperchio del pianoforte. Che ci faceva Giovanni a casa sua? Dopo quello che gli aveva detto nell'ultimo pranzo, non pensava di ricevere una sua visita.

La porta vetrata del salone si aprì e sbucò la figura tarchiata di suo padre con quel ridicolo pince-nez.

«Disturbo?»

Che razza di domanda, certo che disturbava.

«Dimmi pure. Ci sono novità?»

Giovanni sedette sul divano senza appoggiare la schiena.

«In effetti sono venuto proprio per questo».

Che avesse a che fare con Alfred? Cesare si alzò dallo sgabello e si stravaccò sulla poltrona davanti al divano.

«Di che si tratta?»

«Il nostro Alfred purtroppo partirà a breve».

Una sensazione di sgomento gli ribaltò lo stomaco.

«Che cosa?»

«Pare che anche la Germania entrerà presto in guerra».

No, non poteva essere. Le mani gli tremavano. Le strinse per fermarle.

«E quando parte?»

«Domani o dopodomani, ancora non si sa», Giovanni si tolse il pince-nez, alitò sulle lenti e le pulì con la manica della giacca. «Organizzeremo una festicciola per salutarlo».

Una festicciola? Si alzò e iniziò a camminare avanti e indietro. Era una tragedia, altro che festeggiare!

«Ma perché parte ora? Che fretta c'è, non poteva aspettare?»
«Che ne so io?»
«E poi non poteva venire a dirmelo di persona?»
«Perché avrebbe dovuto dirtelo di persona?» Giovanni strinse gli occhi e inforcò di nuovo il pince-nez. «C'è forse qualche problema?»
Si pentì di aver parlato troppo.
«Niente, lascia stare», andò alla finestra; due passeri si stavano beccando a vicenda sui rami dell'albero di fronte. «Comunque non credo di riuscire a venire».
«Come, scusa?»
«Ho troppo da fare. Non riuscirò a esserci».
Suo padre fece un riso sarcastico.
«E cosa avresti da fare di così urgente?»
«Non sono affari tuoi».
La voce suonò gelida perfino a sé stesso.
Giovanni dischiuse la bocca e diventò rosso in volto.
«Che tu arrivi a insultare me lo posso anche accettare, anche se mi fa stare male», gli puntò contro un dito grassoccio. «Ma non tollererò che tu insulti un ragazzo tanto buono e tanto caro come Alfred».
Insultare? Trattenne un ghigno. Forse suo padre non aveva ben chiaro il significato di quella parola.
«Non ho insultato nessuno. Ho solo detto che non posso venire», tornò ad affacciarsi alla finestra: i due passeri erano volati via. «Salutalo da parte mia».
«Oh, non ci penso proprio», le molle del divano cigolarono. «Se vuoi salutarlo, sai dove venire».
I tacchi delle scarpe risuonarono fino all'ingresso. La porta si aprì e si richiuse.
Cesare si rimise seduto e affondò le mani nei capelli ricci. Partire senza dirgli niente... Non poteva essere vero che Alfred fosse capace di una cosa simile, non riusciva a crederci. Altro che buono e

caro. E da suo padre era venuto a saperlo, cose dell'altro mondo! Così facendo dimostrava di aver buttato al vento tutto quello che avevano condiviso.

Tornò al pianoforte. Quando doveva sfogarsi, solo la musica gli poteva venire in aiuto. No, questo non glielo avrebbe mai perdonato. Non sarebbe andato alla sua festa nemmeno se fosse venuto a implorarlo in ginocchio.

***

*Sabato 1° agosto 1914*

Cesare strappò una pagina dallo spartito, l'accartocciò e la gettò nel cestino. Era un disastro. Doveva rivedere tutta quella parte della composizione, poiché era troppo simile alla sonata di Beethoven a cui si era ispirato e non poteva passare per un copione.

Scostò i fogli stropicciati e macchiati d'inchiostro su cui stava scrivendo la partitura e prese lo spartito delle sonate di Beethoven che gli aveva regalato Alfred. Doveva solo controllare una composizione, ma si mise a sfogliare tutte le pagine ruvide e ingiallite, che odoravano di antico. Era davvero un bel volume, prezioso. La rabbia gli fece fremere le dita. Chiuse il libro di scatto e lo gettò da parte con disprezzo: lo avrebbe gettato nel camino solo per fargli un dispetto.

Qualcuno bussò alla porta. E ora chi aveva l'ardire di importunarlo in un momento così delicato? Cesare riprese i suoi fogli, intinse la penna nel calamaio e riprese a scrivere note. Chiunque fosse, lo avrebbe ignorato.

Continuarono a bussare.

«Amore, sono io».

Ecco, e chi altri poteva essere?

«Sto lavorando».

La porta cigolò.

«Mi servirebbero un po' di soldi per saldare il conto del macellaio».

Si voltò verso Elena, che appariva dalla fessura della porta appena schiusa.

«Poi te li do».

Ricominciò a scrivere.

«Mi servirebbero ora, altrimenti non possiamo fare quell'ordine. Ti ricordi?»

«Ma non può farci credito, come sempre?»

«Dice che non è più possibile. Se vogliamo fare un nuovo ordine dobbiamo prima saldare il conto».

«Mannaggia a te, ma quanto spendi?» Gettò la penna sulla scrivania e si prese la testa tra le mani. «Non sono mica una banca, io».

«Non parlarmi così! Come ti permetti?», strillò Elena. «Non è mica colpa mia se non facciamo altro che organizzare cene con i tuoi stupidi amici».

Cesare intinse di nuovo la penna nel calamaio.

«Ora sto lavorando», le puntò l'indice contro. «E ti ho già ripetuto che non voglio essere disturbato, mentre sto lavorando. Dal macellaio ci vado io dopo».

«No, invece i soldi me li dai subito», Elena posò i pugni sui fianchi. «E non alzare la voce con me».

Quanto la odiava. Certe volte gli faceva venire una voglia matta di picchiarla, di darle una bella lezione a suon di cinghiate, ma si tratteneva solo per non sporcarsi le mani del suo schifoso sangue blu. Aprì il cassetto della scrivania, prese il borsello accanto allo scrigno di legno con la rivoltella e contò i soldi. Gli rimanevano appena cinquanta lire. Prese tutte le banconote e le gettò a terra. «Tieni, fatteli bastare».

Le banconote volteggiarono come foglie secche d'autunno. Cesare prese spartiti, penna e calamaio e uscì dalla stanza. Sarebbe andato a scrivere fuori, dal momento che aveva bisogno di aria fresca e di non avere nessuno in mezzo ai piedi per finire quella maledetta composizione, da cui dipendeva la sua carriera musicale. Superò Loretta, rimasta ad ascoltare sulla soglia con gli occhi sgranati, e uscì di casa, attraversò il vialetto del giardino e si ritrovò in strada.

Inspirò a fondo il venticello fresco che soffiava. La calura del giorno ancora non si faceva sentire. Alcuni operai erano sul tetto di un'altra villetta non ancora ultimata, circondata dalle impalcature di legno. Un gabbiano in volo stridette.

L'irritazione per quel battibecco ancora gli annodava le viscere. Non poteva continuare a lavorare in quelle condizioni, poiché quella irrequietezza non gli avrebbe permesso di concentrarsi. C'era solo una cosa che poteva fare in quello stato. Solo una cosa poteva calmarlo.

Andò verso la fermata del tram. A che ora passava il mezzo diretto al Circo Massimo? Sperava che Aldo, uno dei suoi vecchi amanti, ancora abitasse da quelle parti. Non ci era più andato da quando si era fidanzato con Elena: era passato troppo tempo.

Una giovane coppia camminava mano nella mano sull'altro lato della strada. Cesare sorrise. Non aveva bisogno di Alfred, aveva tanti altri amanti che lo avrebbero accolto a braccia aperte pregandolo di non lasciarli più. Poteva fare quello che voleva con chi voleva senza quell'inganno futile dell'amore. Lui, in fondo, era stato solo uno dei tanti.

***

*Qualche ora dopo*

Cesare uscì dal portone del palazzo con la camicia che svolazzava fuori dai pantaloni. Se la rimise a posto, si sistemò il colletto e si ravvivò i ricci. Si accese una sigaretta e inalò a fondo il fumo amaro, sperando che almeno questo riuscisse a calmargli i nervi.

Era la prima volta che non traeva beneficio dal sesso. Che cosa gli stava accadendo? Aldo gli aveva fatto storie, gli aveva urlato che non era una prostituta e non poteva prenderlo e lasciarlo a piacimento, ma poi aveva ceduto alle lusinghe. Aveva ceduto, come tutti prima o poi. Eppure, possederlo non gli aveva dato nessuna soddisfazione; anzi, l'irritazione contro Elena era più forte che mai, la voglia di picchiarla non si era attenuata. Il sesso con Alfred, invece, era ben diverso. Quello sì che era soddisfacente.

Gettò a terra la sigaretta fumata per metà. Pensare ad Afred che partiva senza un congedo ancora lo faceva ribollire di rabbia, ed era per quel motivo che doveva andare avanti, dimenticarsene, così come lui aveva scelto di andare avanti con la sua vita senza prenderlo più in considerazione. Perché ancora si faceva rodere il fegato per qualcuno che non si prendeva nemmeno la briga di scrivergli una lettera?

Guardò l'orologio, avrebbe fatto tardi per pranzo. Accelerò il passo. Meglio evitare ulteriori attriti con Elena, altrimenti avrebbe finito per picchiarla davvero. E poi chi lo sentiva quel vecchio trombone del padre?

Si bloccò di colpo sul marciapiede. Ma dove aveva messo i suoi appunti? Doveva aver dimenticato gli ultimi fogli della composizione da Aldo. Sbuffò e riprese a camminare. Pazienza, sarebbe tornato a prenderli un'altra volta. Ne avrebbe approfittato per tornare a fargli visita e per l'occasione rispolverare anche il suo vecchio garofano verde: era da tanto che non lo indossava. Forse con il tempo quell'insoddisfazione sarebbe svanita e sarebbe tornato il ragazzo spensierato che era prima.

Prima di Alfred e prima di sposarsi.

La versione migliore di sé stesso.

*Giovedì 6 agosto 1914*

Cesare chiuse gli spartiti, si rilassò sulla sedia e si stropicciò gli occhi. Non ce la faceva più a leggere e scrivere note, doveva prendersi una pausa. Si alzò e si affacciò alla finestra che dava sul giardino. Fuori c'era un cielo limpido, il sole illuminava le foglie verdissime del ciliegio, sotto la cui ombra sonnecchiava un gatto randagio. Sbadigliò, a causa di una stanchezza che gli appesantiva le palpebre, dovuta al lavoro e al sesso di quei giorni. Un po' d'aria lo avrebbe svegliato.

Uscì dallo studio e andò in salotto, dove una busta bianca era posata sul tavolo. E quella, da dove spuntava? Magari poteva essere… Si avvicinò alla busta, la prese e la voltò: il mittente era Alfred.

Il cuore rimbombò nel petto e nelle orecchie; le mani si ghiacciarono nonostante il caldo. Una lettera da parte di Alfred? Aveva perso ogni speranza di ricevere notizie da parte sua.

«È arrivata una lettera».

Loretta stava spolverando con un panno i soprammobili di porcellana.

«Vedo», possibile che tutte le donne fossero così stupide? «Quando è arrivata?»

La domestica prese la statuina di un angioletto e ci soffiò sopra; uno sbuffo di polvere si sollevò in aria.

«Ieri».

Ieri?! «E perché non me l'hai detto subito?»

Si trattenne dalla voglia di accartocciare la busta. Pareva una cospirazione contro di lui.

«Io… lei…» Loretta si passò la lingua sulle labbra e si voltò. «Lei ha sempre detto di non disturbarla mentre sta lavorando».

«Beh, per questo avrei fatto un'eccezione».

«Ah, non lo sapevo».

Gli scoccò un'occhiata interrogativa.

Aveva parlato troppo anche questa volta. Cesare corse nel suo studio e si sbatté la porta alle spalle. Chissà se Elena aveva visto la lettera. Per fortuna che negli ultimi giorni non si sentiva molto bene e rimaneva spesso in camera.

Prese il tagliacarte sulla scrivania e aprì la busta. Sfilò il foglio con mani tremanti e lo spiegò.

*Caro Cesare,*
*innanzi a tutto mi scuso di non averti scritto prima. Non volevo farti un torto o offenderti, bensì speravo che ci potevamo vedere alla festa, per comunicarti di persona la mia decisione. Mi dispiace, che questo non è successo. Spero di ricevere il tuo perdono.*

Allora sarebbe potuto venire a casa sua a dirglielo, potevano incontrarsi in qualche altro posto. Scosse la testa. Non sarebbero bastate queste parole a placare il suo rancore. Iniziò a camminare su e giù per lo studio.

*Tuttavia ti scrivo, perché ho bisogno di condividere i miei sentimenti su di te. E forse è meglio che lo faccio attraverso una lettera, perché di persona, vis-à-vis con te, mi sarebbe stato impossibile. Tu hai detto, che mi ami. Queste parole mi hanno colpito non solo perché erano inaspettate, bensì anche perché erano sincere. Io sono sicuro di ciò. Purtroppo, queste parole non rispecchiano i miei attuali sentimenti su di te.*

Distolse gli occhi dal foglio. Non voleva proseguire, non ce la faceva proprio. Del resto, che cosa poteva aspettarsi da qualcuno che era scappato come un codardo? Che non aveva il coraggio di dirgli in faccia quello che provava?

*Forse per un momento anch'io ti ho amato, ed ero persuaso che questo sentimento era assoluto, eterno. Ma poi ti sei sposato, ci siamo allontanati e ho capito, che non era amore, ciò che provavo. Per te provo un profondo affetto a causa di nostra breve relazione, e una immensa gratitudine per avermi fatto accettare. Anche se non potrò mai amare liberamente, come fanno tutti gli altri, non mi vergogno più di ciò che sono. Sei stato il mio primo amante, e non dimenticherò mai ciò che ho imparato da te. Anche se in questi mesi ho sofferto molto, so che sei una buona persona, che sotto quell'apparente cinismo hai un grande cuore e molto amore da dare, ma io non sono la persona giusta per riceverlo.*

Sulla carta caddero le sue lacrime, che sbavarono l'inchiostro di alcune lettere. Posò il foglio e si asciugò gli occhi con il dorso della mano. Dentro di lui facevano a pugni sentimenti contrastanti. Non si aspettava di leggere parole del genere.

*Dai a tua moglie questo tuo amore, perché sono sicuro che lei dalla vita non vuole altro. Dallo a Flaminia, che ti ama solo come solo una sorella sa amare, anche se non lo mostra. Dallo ai tuoi genitori, che sono fieri per loro intelligente e straordinario figlio. E dallo soprattutto a te stesso. So che starai soffrendo molto, come anch'io ho sofferto, per cui fallo in ricordo di ciò che abbiamo condiviso, che è stato qualcosa di molto bello e prezioso. Sono sicuro che avrai una vita felice e piena di gioie.*

*Con affetto,*
*il tuo Alfred*

Accartocciò il foglio e lo scagliò a terra. Si lasciò cadere sulla sedia della scrivania, poggiò la fronte sul tavolino e scoppiò a piangere. Che cosa aveva fatto per meritarsi tutto ciò? Per essere scartato come un qualcosa di insignificante? Non poteva essere trattato così. Alfred poteva avere tutte le ragioni del mondo, ma non poteva scrivergli quelle parole, dirgli che non lo amava più e che probabilmente non lo aveva mai amato.

Le lacrime inondavano il legno della scrivania e il suo corpo era sconquassato dagli spasmi. Non immaginava che semplici parole scritte potessero fare così male. E se Alfred aveva ragione? Se davvero si era comportato così male nei suoi confronti da averlo allontanato per sempre? Se era veramente tutta colpa sua?

Sollevò la testa. Un velo di lacrime gli appannava la vista e se le asciugò via. No, non poteva iniziare ad avere pensieri di questo tipo, sarebbe stata la fine. Non poteva pentirsi di niente perché non aveva fatto niente di male, e doveva imprimersi nella testa quella verità. Se Alfred se ne era andato era stato solo per vigliaccheria, per paura di un cambiamento radicale, e lui non poteva farci niente. Quelle parole servivano solo a infiocchettare la sua debolezza.

Com'era possibile, però, che gli mancasse così tanto? Il suo sorriso, i suoi rossori, la sua delicatezza...

Recuperò il foglio accartocciato, lo distese e lo ripiegò con cura. Quelle ultime parole erano tutto ciò che gli rimaneva di lui, perciò le avrebbe conservate gelosamente.

Aprì il cassetto e infilò la lettera accanto allo scrigno di legno con la rivoltella, il regalo di suo padre che non aveva ancora mai usato. Accarezzò il cofanetto liscio e passò un dito sul gancio dorato. Lo fece scattare, fu tentato di sentire il peso dell'arma e il freddo del metallo, ma poi lo richiuse.

Fece un sospiro e abbandonò la testa sulla scrivania. Alfred era stato la sua unica occasione di vivere una vita felice: e la consapevolezza di averlo perso per sempre gli schiacciò il cuore.

*Sabato 8 agosto 1914*

La porta si aprì; una lama di luce si fece strada tra le tenebre della camera. Una sagoma scura, da cui proveniva un intenso profumo dolciastro, si sedette sul bordo letto e una mano gli accarezzò i capelli.

«Amore, come stai?»

Cesare si voltò dall'altro lato. Era una domanda sciocca, inutile. La stupidità della moglie non finiva mai di stupirlo.

Elena allungò ancora di più la mano e continuò ad accarezzarlo.

«Perché non ti alzi un po'? Sono due giorni che stai a letto, sto cominciando a preoccuparmi».

Il contatto delle dita fredde della moglie lo ripugnava. Si rintanò sotto le coperte e si rannicchiò in una posizione fetale. Faceva caldissimo, sudava come un cavallo al galoppo, ma preferiva morire soffocato piuttosto che alzarsi, ora che la sua vita non aveva più senso. Sapeva esattamente quello che lo avrebbe reso felice, ed era qualcosa di impossibile da ottenere.

Elena ritrasse la mano.

«Ti devo dire una cosa».

La sua voce era tremolante.

«Ancora soldi?» mugugnò Cesare.

Lei fece un respiro profondo.

«No, non si tratta di quello», si schiarì la voce. «Sono incinta».

Il cuore di Cesare si arrestò. Si tolse le coperte di dosso come se all'improvviso scottassero.

«Che cosa?»

Elena aggrottò le sopracciglia e il suo sorriso morì.

«Sono incinta, amore», gli si avvicinò e allungò di nuovo una mano per accarezzarlo. «Ma non sei contento?»

Lui si scostò e affondò le mani nei capelli; il cuore aveva ricominciato a battere e ora galoppava.

«No, non è possibile».

Ecco perché lei non si sentiva troppo bene negli ultimi giorni. Era incinta.

«P-perché non sei contento? Pensavo che questa notizia potesse tirarti un po' su».

«Sei sicura che è mio? Non…»

Elena gli mollò uno schiaffo. La fede gli spaccò un labbro e il colpo gli incendiò la guancia.

«Come ti permetti? Io ti do una notizia del genere e tu...» Si alzò in piedi, tutta rossa in viso. «E tu mi insulti così?»

Uscì dalla stanza e sbatté la porta. Il rumore dei suoi passi nel corridoio andò a scemare pian piano.

Cesare si abbandonò sul letto e si succhiò il sangue dalle labbra. Non poteva crederci, stava per diventare padre. Era una tragedia! Non voleva avere un figlio, non era ancora pronto e forse non lo sarebbe mai stato. E invece era successo.

Si tirò su e il mondo intorno iniziò a vorticare, al punto che la nausea gli invase lo stomaco. Si sporse dal letto e vomitò per terra un sottile rigagnolo di liquidi gastrici. Forse avrebbe dovuto mangiare qualcosa.

Si pulì la bocca con il dorso della mano; dal pavimento saliva un odore nauseabondo. Non voleva essere padre, voleva continuare a essere un ragazzo per sempre, godersi la vita come aveva fatto fino ad allora. Ma come poteva farlo senza Alfred? Voleva vivere con lui, in un altro Paese e in un altro continente, dove non conoscevano nessuno e dove avrebbero potuto essere liberi; ma non sarebbe mai accaduto niente di simile. Avrebbe continuato a vivere per sempre in quella casa, in quella città infame, insieme alla donna che aveva odiato fin dal primo istante in cui l'aveva vista. Si era lasciato accecare dal suo titolo, dalla promessa di una vita nell'alta società, nella Roma che conta, ma poi Alfred aveva sconvolto tutto: aveva grattato via dagli occhi quella patina di superficialità e gli aveva fatto vedere le cose per come erano veramente. E quella vista non gli piaceva per nulla.

Si alzò. Le gambe erano rattrappite così tanto che riusciva a malapena a camminare. Almeno su una cosa Elena aveva ragione: doveva muoversi, non poteva continuare a restare sotto le coperte. Doveva reagire in qualche modo.

Uscì dalla stanza e si diresse nel suo studio. Magari il lavoro lo avrebbe distratto e la perfezione della musica lo avrebbe rapito da quella realtà grama in cui si era ritrovato a vivere.

Si sedette alla scrivania e riprese in mano gli spartiti. Aveva quasi terminato la sua composizione, gli mancavano solo le ultime battute. Intinse la penna nel calamaio e iniziò a tratteggiare le note sul foglio. La penna però non scriveva bene, doveva spuntarla un po', così aprì il cassetto della scrivania e cercò il temperino. Le dita sfiorarono lo scrigno con la sua rivoltella e indugiarono sul legno.

Ecco il temperino. Lo prese e con la sua lama arrugginita affilò la punta della penna. Continuò a scrivere e nella sua mente risuonarono le note e gli accordi che stava segnando sulla carta, le armonie dissonanti che contraddistinguevano il suo stile pianistico, finché scrisse la parola "FINE".

Si rilassò sulla sedia e respirò a fondo. Un briciolo di soddisfazione gli riscaldò l'animo. Riordinò le carte e iniziò a rileggere e a solfeggiare le note. Un'ondata di ribrezzo polverizzò il suo senso di soddisfazione. Quella melodia era terribile e gli accordi erano tutti sbagliati, non aveva azzeccato niente: era spazzatura senza senso. Non riusciva nemmeno a solfeggiare in maniera corretta.

Prese i fogli, li strappò e li gettò nel cestino. Solo le ultime pagine rimasero sulla scrivania. Affondò il viso tra le mani e scoppiò a piangere. Di nuovo. Il panico lo invase. Non era in grado di fare niente: tutto quello che provava a realizzare gli si sbriciolava tra le dita. Era riuscito solo a ingravidare una donna di cui non gli importava nulla.

Sollevò la testa e tirò su col naso. C'era solo un modo in cui poteva sistemare la faccenda, con cui poteva risolvere tutti i suoi problemi in un colpo solo.

Posò le dita sulla maniglia del cassetto, tamburellò sul legno e lo aprì. Ecco la soluzione a tutto. La pillola che lo avrebbe fatto sentire meglio.

Prese lo scrigno e lo posò sulla scrivania. Passò una mano sul legno liscio. Era proprio una bella scatola, rifinita in ogni minimo dettaglio, Giovanni doveva aver speso una fortuna per farla realizzare. L'aprì. La rivoltella lo guardava con aria famelica: non aveva mai sparato ancora. La luce del sole faceva brillare il metallo scuro.

Cesare la sollevò e gli sembrò più pesante del solito. Se la rigirò tra le mani: il freddo della canna gli fece venire i brividi. Come si chiamava il modello? Qualcosa come *Chamelot-Delvigne*? Sembrava il nome di una cantante di un *caf-conç* parigino, invece che di una pistola.

Aprì il tamburo, prese il sacchetto di velluto con i proiettili e li infilò uno a uno nelle cavità vuote. Le mani gli tremavano, chissà se avrebbero retto il peso dell'arma. Chiuse il tamburo con uno scatto.

Avrebbe dovuto premere a fondo il grilletto, o sarebbe bastato sfiorarlo con l'indice per far partire il colpo? Il sudore sulla camicia da notte stava iniziando a raffreddarsi, anche se il caldo non lo faceva respirare. Sollevò il revolver e tirò indietro il cane.

Doveva farlo, non c'era altra via d'uscita, poiché da lì in avanti la sua vita sarebbe solo peggiorata e sarebbe diventata un incubo senza via d'uscita. C'era solo un modo per raggiungere la tranquillità. Per raggiungere la felicità eterna.

Si portò la pistola alla tempia e il freddo del metallo gli provocò un brivido. Chissà se avrebbe rivisto Alfred in Paradiso. O all'Inferno. La stessa domanda che si era posto quando avevano ammirato insieme il Giudizio Universale di Michelangelo.

Strinse gli occhi, urlò e premette il grilletto.

# Epilogo

*Fa' che sia colmo ancora il frutto estremo;*
*concedi ancora un giorno di tepore,*
*che il frutto giunga a maturare, e spremi*
*nel grave vino l'ultimo sapore.*
*Chi non ha casa adesso, non l'avrà.*

*Chi è solo a lungo solo dovrà stare,*
*leggere nelle veglie, e lunghi fogli*
*scrivere, e incerto sulle vie tornare*
*dove nell'aria fluttuano le foglie.*
*(Rainer Maria Rilke, Giorno d'autunno)*

*Fronte occidentale, riva settentrionale del fiume Aisne. Martedì 15 settembre 1914*

La pioggia e le lacrime avevano sbavato l'inchiostro sulla lettera rendendolo quasi illeggibile, ma ormai Alfred aveva imparato a memoria quelle parole. Con la schiena poggiata sulla parete argillosa della trincea, ripiegò il foglio con mani graffiate, incrostate di fango, e rimise la lettera nel taschino interno della divisa grigia, all'altezza del cuore. Erano ventiquattr'ore, ormai, che aveva appreso della morte di Cesare, ma quelle ore sembravano non essere mai passate.

Una fitta di dolore al piede lo distrasse da quei pensieri. Un ratto gli stava rosicchiando lo scarpone dalla suola bucata e gli aveva morso l'alluce. Alfred scattò in piedi e cercò di infilzare quella bestiaccia con la baionetta del *Gewehr 98*, ma lo mancò e la punta di metallo affondò nel terreno.

Una mano ruvida lo afferrò per la spalla e lo fece cadere a terra. August, un commilitone di qualche anno più grande di lui, gli picchiettò un dito sull'elmo chiodato.

«Vuoi farti sparare per caso? Guarda, che il *Pickelhaube* non ti proteggerà dalle pallottole francesi».

Era un pittore che militava nel gruppo bavarese *Der Blaue Reiter*, ma in quel momento ad Alfred, con quelle sopracciglia aggrottate e quella barba incolta sporca di fango, sembrava un truce contadino.

«Scusa, hai ragione».

Alfred recuperò il fucile e con la manica della divisa pulì la punta della baionetta.

August sorrise e scosse la testa.

«E non stare sempre a scusarti. La pellaccia è la tua, mica la mia!» fece una risata roca.

Alfred si lasciò contagiare e il peso sul cuore divenne più leggero. Non era da tutti trovare da ridere in una situazione simile: erano bloccati su un'altura fangosa, dentro il ventre umido della terra, con un nemico che non la finiva di prenderli a cannonate. Era ormai sfumato l'obiettivo di prendere Parigi, e con essa il sogno di una guerra breve e vittoriosa. Così come era sfumato ogni sogno di rivedere Cesare.

August gli posò una mano sul ginocchio.

«Non starci a pensare troppo, la guerra è uno schifo per tutti», sospirò. «Vado a vedere se ai piani alti dicono qualcosa».

Si alzò, facendo attenzione a non sollevare la testa oltre il parapetto formato dai sacchi di sabbia, e scomparve in un altro cunicolo della trincea.

Non starci a pensare troppo... Alfred ricordava ormai a memoria le ultime parole della lettera con le quali Flaminia lo congedava: "Il destino di Cesare era già segnato. Presto o tardi sarebbe finita così lo stesso, per cui non pensare di avere colpe in ciò che è successo. Sarebbe l'errore più grave che tu possa commettere".

Eppure, come poteva pensare di non avere nessuna responsabilità? Se avesse acconsentito a scappare con lui, Cesare sarebbe ancora vivo e lui non sarebbe intrappolato in quella trincea, con gli stessi indumenti da sette giorni e in bocca il sapore della melma.

«*Mettetevi al riparo*», urlò qualcuno da sotto le gallerie della trincea. «*Fuoco nemico in arrivo!*»

Alfred si alzò, mantenendo la schiena piegata. Alcuni commilitoni lo superarono e lo spintonarono, diretti verso le postazioni riparate. Il capitano Bäumer sbucò da un corridoio e gli fece cenno di sbrigarsi.

«Muoviti, Bösgel, che quei maledetti mangiarane stanno per farci piovere addosso il fuoco dal cielo».

Altri bombardamenti, altra devastazione, prima ancora che gli fosse passato il fischio alle orecchie dovuto alle bombe e agli spari dei giorni precedenti.

Alfred si accovacciò sotto una tettoia in legno accanto a due soldati che non aveva mai visto prima e aggiustò l'elmo chiodato sulla testa. Se mai fosse sopravvissuto a quell'inferno, se mai fosse uscito vivo da quel buco argilloso, sarebbe andato a Roma, avrebbe visitato la tomba di Cesare e avrebbe posato davanti alla lapide alcuni fiori: un mazzolino di garofani verdi.

FINE

# Ringraziamenti

Scrivere è un'occupazione apparentemente solitaria, ma in realtà ogni libro è il frutto di un lavoro di squadra: per questo vorrei ringraziare tutte le persone che hanno contribuito alla realizzazione di questo romanzo.

In primis, ringrazio il mio editore, Sergio De Tomi, che ha creduto nella mia opera fin da subito e che, insieme a tutto il superlativo staff di De Tomi Editore, si è preso cura del mio testo andando oltre ogni aspettativa, con gentilezza ed estrema professionalità.

Un enorme ringraziamento va poi alle mie due editor, Francy e Mary, che applicando l'innovativo Metodo Codraux hanno tirato fuori dal mio testo tutto il potenziale che da solo non ero riuscito a esprimere al meglio, dandomi modo di farmi innamorare di nuovo del mio romanzo in un momento in cui, nel bel mezzo di mille difficoltà, avrei solo voluto odiarlo. Grazie anche a tutte le splendide colleghe della Rete: Lucia, Marcella, Laura e Dani, che mi hanno dimostrato un calore e una vicinanza di cui avevo tanto bisogno.

Grazie ai miei beta lettori, Leonardo, Eraldo e Luigi, che in maniera completa o parziale si sono sorbiti il mio romanzo in una fase in cui era ancora estremamente acerbo. Ragazzi, il romanzo è ora molto diverso da come lo avete letto, ma vi posso assicurare che molti dei vostri suggerimenti mi sono tornati utili fino all'ultimissima revisione!

Grazie alle studentesse, editor o aspiranti tali, della realtà di formazione Rotte Narrative: Elisa Cappelli, Laura Brunelli e Sofia Barboni, che hanno analizzato la mia proposta di romanzo dandomi suggerimenti veramente preziosi. Grazie anche alla stessa

Rotte Narrative di Livio Gambarini, che con i suoi corsi mi ha fornito tutti gli strumenti tecnici senza i quali, probabilmente, neanche avrei mai cominciato a scrivere un romanzo.

Grazie ad Angela e a Giuseppe per tutti i suggerimenti e i consigli. Grazie ai ragazzi della piattaforma The Incipit, che hanno letto i primissimi racconti a bivi in cui è nato il bozzolo di questa storia (di cui ormai non è rimasto più nulla), ma che per primi mi hanno dimostrato tutto il loro entusiasmo. Grazie a tutti i miei amici e conoscenti, a Yuri e ai ragazzi dell'Aurora, che fino all'ultimo non hanno saputo niente di questo progetto, ma che in maniera inconsapevole mi hanno fornito spunti per tratti caratteriali, situazioni e atmosfere che ho poi riversato nel romanzo.

Ma grazie, soprattutto, alla mia famiglia, che mi ha sempre sostenuto nei miei capricci, nelle mie fantasie e nei miei progetti, non senza una dose di sano scetticismo, ma dandomi sempre fiducia e amore incondizionati: spero solo che possiate essere orgogliosi di me.

Infine, grazie a te che stai leggendo queste righe, che hai deciso di dare fiducia alla mia opera. Non so come ti chiami, né quanti anni hai, ma ti posso assicurare che ti ho pensato innumerevoli volte in questi tre anni di scrittura. Spero che avremo occasione di incontrarci, conoscerci e, guardandoci negli occhi, fare ciò che più ci accomuna: raccontare e ascoltare storie.